U0106034

LAODONGZHENGYI TIAOJIE ZHONGCAIFA
YAODIAN JIEDA

劳动争议调解仲裁法
要点解答

法律出版社
LAW PRESS·CHINA

总　目　录

目　录

第一章　概　　述

第二章 调 解

第三章 仲 裁

第一节 劳动争议仲裁委员会与仲裁员

第二节 申请和受理

第三节 开庭和裁决

第四章　劳动实体法基本问题总览

附　录

第一章　概　　述

001 什么是劳动争议?

劳动争议,就是我们常说的劳动纠纷,是指劳动关系双方当事人(即用人单位与劳动者)之间因劳动权利和义务而发生的纠纷。

劳动争议的主体是特定的,劳动争议的双方当事人,一方是用人单位,另一方是职工,争议的内容是与实现劳动权利和履行劳动义务有关的事项。

002 劳动争议有哪些解决途径? 为什么要制定《劳动争议调解仲裁法》?

我国目前劳动争议的解决方式主要包括和解、调解、仲裁和诉讼四种。发生劳动争议,劳动者可以与用人单位协商,也可以请工会或者第三方共同与用人单位协商,达成和解协议。当事人不愿协商、协商不成或者达成和解协议后不履行的，可以向调解组织申请调解；不愿调解、调解不成或者达成调解协议后不履行的，可以向劳动争议仲裁委员会申请仲裁；对仲裁裁决不服的，除法律另有规定的外，可以向人民法院提起诉讼。

在上述四种途径中，和解和调解都不是必经程序，但仲裁是诉讼的法定必经程序。只有对仲裁裁决不服，才可以向人民法院提起诉讼。可见，劳动争议仲裁在劳动争议的解决中有着举足轻重的地位。

制定《劳动争议调解仲裁法》，就是为了公正及时解决劳动争议，保护当事人合法权益，促进劳动关系和谐稳定。

003 《劳动争议调解仲裁法》适用于哪些劳动争议？

《劳动争议调解仲裁法》适用于中华人民共和国境内的用人单位与劳动者发生的劳动争议：

(1)因确认劳动关系发生的争议；

(2)因订立、履行、变更、解除和终止劳动合同发生的争议；

(3)因除名、辞退和辞职、离职发生的争议；

(4)因工作时间、休息休假、社会保险、福利、培训以及劳动保护发生的争议；

(5)因劳动报酬、工伤医疗费、经济补偿或者赔偿金等发生的争议；

(6)法律、法规规定的其他劳动争议。

004 《劳动争议调解仲裁法》是否适用于国家公务员？

劳动争议调解仲裁法只适用于中华人民共和国境内的用人单位与劳动者发生的劳动争议，不适用于国家公务员。公务员适用《人事争议处理规定》。

005 解决劳动争议的基本原则是什么？

解决劳动争议，应当根据事实，遵循合法、公正、及时、着重调解的原则，依法保护当事人的合法权益。

006 什么是举证责任？在劳动争议的解决过程中，由谁负举证责任？

举证责任，是指承担举证责任的当事人必须对自己的主张举出主要的事实根据，以证明其确实存在，否则将承担败诉后果。

发生劳动争议，当事人对自己提出的主张，有责任提供证据。与争议事项有关的证据属于用人单位掌握管理的，用人单位应当提供;用人单位不提供的,应当承担不利后果。

在劳动争议纠纷案件中,因用人单位作出开除、除名、辞退、解除劳动合同、减少劳动报酬、计算劳动者工作年限等决定而发生的劳动争议的,由用人单位负举证责任。即因用人单位作出不利于劳动者的决定而发生争议的劳动诉讼,由用人单位负举证责任。

007 发生劳动争议的劳动者为多人的,应怎样参加调解、仲裁或者诉讼活动?

发生劳动争议的劳动者一方在 10 人以上,并有共同请求的,可以推举代表参加调解、仲裁或者诉讼活动。下面是员工代表推举书示范格式,可供参考①:

员工代表推举书(一式两份)

	姓　名	性　别	电　话	住　址
代表名单(3 或 5 名)				

① 本书中的文书示范格式并非唯一格式,仅供参考。下同。

续表

代表权限	内容： 注：代表权限要明确是一般代表还是特别授权。一般代表包括：提出仲裁，领取仲裁文书，提出回避申请，收集证据，出庭辩论。特别授权包括：代为承认、放弃或变更申诉请求，提出或接受调解方案，提出撤诉。特别授权时，要将具体授权内容填写清楚。
代表的权利义务	1. 参加仲裁活动，反映员工的要求； 2. 提供与案件有关的证据资料； 3. 签署调解书，履行调解协议； 4. 履行裁决，或申请人民法院强制执行； 5. 遵守仲裁纪律； 6. 仍需生产的，维护经营生产秩序； 7. 停止生产的，维护员工生活和社会秩序。
注意事项	1. 员工不愿意推举代表，劳动争议仲裁委员会依法不予受理应诉； 2. 员工推举代表时，代表人数不能确定的，由劳动争议仲裁委员会决定； 3. 代表一经推举出，只由代表出面参加仲裁活动，其他员工不得纠集到仲裁机关，以免干扰案件的审理。

全体推举员工签名栏

年　　月　　日

续表

备注： 1. 每位代表及所有员工附一份身份证复印件； 2. 员工签名栏不得代签，否则依法追究责任； 3. 推举书一式两份（可复印），一份交仲裁机构，一份员工代表保存，以便申请人民法院执行。						

008 劳动争议中的重大问题如何解决？

县级以上人民政府劳动行政部门会同工会和企业方面代表建立协调劳动关系三方机制，共同研究解决劳动争议的重大问题。

009 用人单位有违反国家规定，拖欠劳动报酬，或者拖欠工伤医疗费、经济补偿或者赔偿金等行为的，应如何处理？

用人单位违反国家规定，拖欠或者未足额支付劳动报酬，或者拖欠工伤医疗费、经济补偿或者赔偿金的，劳动者可以向劳动行政部门投诉，劳动行政部门应当依法处理。

010 事业单位实行聘用制的人员与本单位发生劳动争议，可否适用《劳动争议调解仲裁法》?

事业单位实行聘用制的工作人员与本单位发生劳动争议的，依照《劳动争议调解仲裁法》执行；法律、行政法规或者国务院另有规定的，依照其规定。

011 劳动争议仲裁是否收费?

劳动争议仲裁不收费。劳动争议仲裁委员会的经费由财政予以保障。

第二章　调　　解

012 发生劳动争议，当事人应到哪些组织申请调解？

发生劳动争议，当事人可以到下列调解组织申请调解：

（1）企业劳动争议调解委员会；

（2）依法设立的基层人民调解组织；

（3）在乡镇、街道设立的具有劳动争议调解职能的组织。

013 企业调解委员会应由哪些人员组成？

企业劳动争议调解委员会由职工代表和企业代表组成。职工代表由工会成员担任或者由全体职工推举产生，企业代表由企业负责人指定。企业劳动争议调解委员会主任由工会成员或者双方推举的人员担任。

014 企业劳动争议调解委员会应调解哪些劳动争议?

调解委员会依法调解企业与职工之间发生的下列劳动争议:

(1)因企业开除、除名、辞退职工和职工辞职、自动离职发生的争议;

(2)因执行国家有关工资、社会保险、福利、培训、劳动保护的规定发生的争议;

(3)因履行劳动合同发生的争议;

(4)法律、法规规定应当调解的其他劳动争议。

015 企业调解委员会的主要职责是什么?

(1)调解本企业内发生的劳动争议;

(2)检查督促争议双方当事人履行调解协议;

(3)对职工进行劳动法律、法规的宣传教育,做好劳动争议的预防工作。

016 企业调解委员会调解劳动争议应当遵循哪些原则?

(1)当事人自愿申请,依据事实及时调解;

(2)对当事人在适用法律上一律平等;

(3)同当事人民主协商;

(4)尊重当事人申请仲裁和诉讼的权利。

017 如何选任劳动争议调解组织的调解员?

劳动争议调解组织的调解员应当由公道正派、联系群众、热心调解工作,并具有一定法律知识、政策水平和文化水平的成年公民担任。

018 当事人应以何种形式申请劳动争议调解?

当事人申请劳动争议调解可以书面申请,也可以口头申请。口头申请的,调解组织应当当场记录申请人基本情况、申请调解的争议事项、理由和时间。

019 怎样书写劳动争议调解申请书?

劳动争议调解申请书的示范格式如下:

劳动争议调解申请书

申 请 人:姓名(或名称)　　性别
　　地址　　职务(岗位)
　　法定代表人　　职务
　　委托代理人

被申请人:姓名　　性别
　　地址　　职务(岗位)
　　法定代表人　　职务
　　委托代理人

事由:因××××(事由)产生争议,申请调解。

调解请求:

1. ×××××××××。
2. ×××××××××。
3. ×××××××××。

事实与理由:

1. ×××××××××。
2. ×××××××××。

3. ××××××××××。

为此，向××劳动争议调解委员会申请调解，请依法调解。

（申请人签名或盖章）

年　　月　　日

020 劳动争议调解是否有期限？期限是多少？

劳动争议的调解期限，是指当事人和调解委员会申请和完成劳动争议调解所必须遵循的时间。劳动争议调解期限分两种：一种是当事人申请调解的期限；另一种是调解委员会受理和调解的期限。规定调解期限是为了保证劳动争议得到及时处理，避免久拖不决。

《企业劳动争议调解委员会组织及工作规则》规定，调解委员会调解劳动争议，应当自当事人申请调解之日起 30 日内结束；到期未结束时，视为调解不成，劳动调解仲裁委员会应当出具文书。《劳动争议调解仲裁法》规定，自劳动争议调解组织收到调解申请之日起 15 日内未达成调解协议的，当事人可以依法申请仲裁。

当事人申请调解，应当自知道或应当知道其权利被侵害之日起 30 日内，以口头或书面形式向调解委员会提出申请，并填写《劳动争议调解申请书》。

021 调解员应当如何调解劳动争议?

调解劳动争议,应当充分听取双方当事人对事实和理由的陈述,耐心疏导,帮助其达成协议。

022 劳动争议调解的基本程序如何?

(1)及时指派调解委员对争议事项进行全面调查核实,调查应作笔录,并由调查人签名或盖章;

(2)调解委员会主任主持召开有争议双方当事人参加的调解会议,有关单位和个人可以参加调解会议协助调解,简单的争议,可由调解委员会指定1至2名调解委员进行调解;

(3)调解委员会应听取双方当事人对争议事实和理由的陈述,在查明事实、分清是非的基础上,依照有关劳动法律、法规,以及依照法律、法规制定的企业规章和劳动合同,公正调解;

(4)经调解达成协议的,制作调解协议书,双方当事人应自觉履行,协议书应写明争议双方当事人的姓名(单位、法定代表人)、职务、争议事项、调解结果及其他应说明的事项,由调解委员会主任(简单争议由调解委员)以及双方当事人签名或盖章,并加盖调解委员会印章,调解协议书一式三份(争议双方当事人、调解委员会各一份);

(5)调解不成的,应作记录,并在调解意见书上说明情况,由调解委员会主任签名、盖章,并加盖调解委员会印章,调解意见书一式三份(争议双方当事人、调解委员会各一份)。

023 劳动争议经调解达成协议,应如何处理? 未达成协议应如何处理?

经调解达成协议的,应当制作调解协议书。

调解协议书由双方当事人签名或者盖章,经调解员签名并加盖调解组织印章后生效,对双方当事人具有约束力,当事人应当履行。

自劳动争议调解组织收到调解申请之日起 15 日内未达成调解协议的,当事人可以依法申请仲裁。

024 劳动争议调解协议书的格式如何?

劳动争议调解协议书的示范格式如下:

劳动争议调解协议书

(　　)字第　　号

申 请 人:姓名(或名称)　　　　性别

地址　　　　职务(岗位)

法定代表人　　　　职务

委托代理人

被申请人:姓名　　　　性别

地址　　　　职务(岗位)

法定代表人　　　　职务

委托代理人

(事由)

上列双方因××××引起争议,申请人××于×年×月×日向本调解委员会提出请求,经本会主持调解,双方协商,自愿达成协议如下:

(协议内容)

1. ××××××××××。
2. ××××××××××。
3. ××××××××××。

双方当事人(签名)

调解委员会主任(签名)

劳动争议委员会(公章)

年　　月　　日

025 劳动争议调解协议书的法律效力如何?

劳动争议调解协议书是一种法律文书,当事人应当自觉履行。因为它是当事人双方在合法、自愿、友好协商的基础上共同达成的,劳动争议调解委员会也有权敦促双方当事人自觉履行。但调解协议书不具有法律强制力,在一方不履行时,另一方不能向人民法院申请强制执行,只能向仲裁机构申请仲裁。对于经企业劳动争议调解委员会达成调解协议的,当事人可能反悔。

026 劳动争议经调解达成协议一方不履行的,应该怎样执行?

达成调解协议后,一方当事人在协议约定期限内不履行调解协议的,另一方当事人可以依法申请仲裁。

因支付拖欠劳动报酬、工伤医疗费、经济补偿或者赔偿金事项达成调解协议,用人单位在协议约定期限内不履行的,劳动者可以持调解协议书依法向人民法院申请支付令。人民法院应当依法发出支付令。

027 如何书写《支付令申请书》?

支付令申请书的示范格式如下:

支付令申请书

申请人:(姓名,性别,年龄,民族,籍贯,职业或职务,单位或住址)

法定代理人(或委托代理人):(姓名,性别,年龄,民族,籍贯,职务或职业,单位和住址)

与申请人关系:(如委托律师代理,不写律师的基本情况,只写“委托代理人:姓名,××律师事务所律师”)

被申请人:(姓名,性别,年龄,民族,籍贯,职业或职务,单位或住址)

请求事项:______________________________

____

事实和理由:______________________________

____

____

此致

__________人民法院

申请人:__________

(签名或盖章)

______年______月______日

附：

1. 债权文书复印件______件；

2. 物证________________（名称）______件；

3. 书证________________（名称）______件。

第三章　仲　　裁

第一节　劳动争议仲裁委员会与仲裁员

028 劳动争议仲裁委员会如何设立和组成?

劳动争议仲裁委员会按照统筹规划、合理布局和适应实际需要的原则设立,不按行政区划层层设立。省、自治区人民政府可以决定在市、县设立;直辖市人民政府可以决定在区、县设立。直辖市、设区的市也可以设立一个或者若干个劳动争议仲裁委员会。劳动争议仲裁委员会下设办事机构,负责办理劳动争议仲裁委员会的日常工作。

劳动争议仲裁委员会由劳动行政部门代表、工会代表和企业方面代表组成。劳动争议仲裁委员会组成人员应当是单数。

国务院劳动行政部门依照《劳动争议调解仲裁法》有关规定制定仲裁规则。省、自治区、直辖市人民政府劳动行政部门对本行政区域的劳动争议仲裁工作进行指导。

029 劳动争议仲裁委员会应履行哪些职责?

劳动争议仲裁委员会依法履行下列职责:

(1)聘任、解聘专职或者兼职仲裁员;

(2)受理劳动争议案件;

(3)讨论重大或者疑难的劳动争议案件;

(4)对仲裁活动进行监督。

劳动争议仲裁委员会下设办事机构,负责办理劳动争议仲裁委员会的日常工作。

030 仲裁员分为哪几种?

仲裁员分为专职仲裁员和兼职仲裁员。专职仲裁员由劳动争议仲裁委员会从劳动行政主管部门专门从事劳动争议处理工作的人员中聘任;兼职仲裁员由仲裁委员会从劳动行政主管部门或其他行政部门的人员、工会工作者、专家、学者和律师中聘任。

031 什么是首席仲裁员?

首席仲裁员是指由劳动争议仲裁委员会在业已组成的

劳动争议仲裁庭组成人员中指定的,负责仲裁庭工作的专职或兼职仲裁员。仲裁庭由1名首席仲裁员、2名仲裁员组成。首席仲裁员由仲裁委员会负责人或者授权其办事机构负责人指定,另2名仲裁员由仲裁委员会授权其办事机构负责人指定或由当事人各选1名仲裁员,具体办法由省、自治区、直辖市自行确定。

032 仲裁员应当符合哪些条件?

劳动争议仲裁委员会应当设仲裁员名册。

仲裁员应当公道正派并符合下列条件之一:

(1)曾任审判员的;

(2)从事法律研究、教学工作并具有中级以上职称的;

(3)具有法律知识、从事人力资源管理或者工会等专业工作满5年的;

(4)律师执业满3年的。

033 仲裁员的主要职责是什么?

仲裁员的主要职责包括:

(1)接受仲裁委员会办事机构交办的劳动争议案件,参加仲裁庭;

(2)进行调查取证,有权向当事人及有关单位、人员进行调阅文件、档案、询问证人、现场勘察、技术鉴定等与争议事实有关的调查;

(3)根据国家的有关法律、法规、规章及政策提出处理方案;

(4)对争议当事人双方进行调解工作,促使当事人达成和解协议;

(5)审查申诉人的撤诉请求;

(6)参加仲裁庭合议,对案件提出裁决意见;

(7)案件处理终结时,填报《结案审批表》;

(8)及时做好调解、仲裁的文书工作及案卷的整理归档工作;

(9)宣传劳动法律、法规、规章、政策;

(10)对案件涉及的秘密和个人隐私应当保密。

034 申请仲裁员资格的程序如何?

申请仲裁员资格者,应由当地劳动行政部门推荐,参加国家或省劳动行政部门或由其认定的有关单位所组织的劳动争议处理专业培训,并参加国家或省级劳动行政部门组织的仲裁员资格考试。

申请仲裁员资格者,经考试合格后,由本人填写《劳动仲裁员资格申报表》,报国家或省级劳动行政部门审核。

省、自治区、直辖市仲裁委员会需聘任的仲裁员,其资格由劳动部认定,并颁发《劳动仲裁员资格证书》。省级以下仲裁委员会需聘任的仲裁员,其资格由省级劳动行政部门认定,并颁发《劳动仲裁员资格证书》。《劳动仲裁员资格证书》自颁发之日起,有效期为3年。各级仲裁委员会委员自被政府任命之日起即具有仲裁员资格,并按照前述规定颁发《劳动仲裁员资格证书》。

035 仲裁员聘任的基本程序如何?

(1)取得仲裁员资格,并符合仲裁员应具备的基本条件者,方可由各级仲裁委员会根据实际情况聘任为专职或兼职仲裁员。仲裁员在同一时间内只能被一个仲裁委员会聘任。仲裁员每次聘期为3年。已被聘任为劳动监察员者,不再聘任为仲裁员。

(2)被聘任的仲裁员,由聘任的仲裁委员会颁发《劳动仲裁员执行公务证》和《劳动仲裁员》胸卡,并在省级以上报刊予以公告。

(3)仲裁委员会在聘任仲裁员时,应根据实际情况适当确定专职仲裁员与兼职仲裁员的比例,其比例一般不超过1:4。

第二节　申请和受理

036 当事人向劳动争议仲裁委员会申请仲裁有没有时间限制?

劳动争议申请仲裁的时效期间为 1 年。仲裁时效期间从当事人知道或者应当知道其权利被侵害之日起计算。前述仲裁时效因当事人一方向对方当事人主张权利,或者向有关部门请求权利救济,或者对方当事人同意履行义务而中断。从中断时起,仲裁时效期间重新计算。

因不可抗力或者有其他正当理由,当事人不能在规定的仲裁时效期间申请仲裁的,仲裁时效中止。从中止时效的原因消除之日起,仲裁时效期间继续计算。

劳动关系存续期间因拖欠劳动报酬发生争议的,劳动者申请仲裁不受仲裁时效期间的限制;但是,劳动关系终止的,应当自劳动关系终止之日起 1 年内提出。

037 什么是时效的中断和中止?

时效的中断,指在诉讼或仲裁时效进行期间,因发生一定的法定事由,使已经经过的时效期间统归无效,待时效中断的事由消除后，诉讼时效期间重新计算。时效中止是指在诉讼或者仲裁时效进行期间，因发生法定事由阻碍权利人行使请求权，诉讼依法暂时停止进行，并在法定事由消失之日起继续进行的情况，又称为时效的暂停。实际上时效的中断和中止起到了时效的延长效果。

可以将作为仲裁申诉时效中断和中止的事由归纳如下：

（1）企业劳动争议调解委员会调解期间。劳动争议当事人向企业劳动争议调解委员会申请调解，从当事人提出申请之日起，仲裁申诉时效中止，企业劳动争议调解委员会应当在30日内结束调解，即中止期间最长不得超过30日。结束调解之日起，当事人的申诉时效继续计算。调解超过30日的，申诉时效从30日之后的第一天继续计算。

（2）劳动争议仲裁委员会受理审查期间。劳动争议仲裁委员会的办事机构对未予受理的仲裁申请，应逐件向仲裁委员会报告并说明情况，仲裁委员会认为应当受理的，应及时通知当事人。当事人从申请至受理的期间应视为时效中止。

（3）不可抗力或其他正当理由。当事人因不可抗力或者有其他正当理由超过规定的申请仲裁时效的。

（4）向用人单位或上级机关申诉期间。职工对开除或除名决定不服，向用人单位（或上级领导机关）提出申诉，属于“有正当理由”。职工对于用人单位（或上级领导机关）重新答复不服而申请仲裁的，重新答复的时间应视为“劳动争议发生之日”。

（5）撤诉案件的时效起算时间。当事人撤诉或者劳动争议仲裁委员会按撤诉处理的案件，如当事人就同一仲裁请求

再次申请仲裁，只要符合受理条件，劳动争议仲裁委员会应当再次立案审理，申请仲裁时效期间从撤诉之日起重新开始计算。

(6)用人单位解除劳动合同未出具书面通知期间。用人单位因解除劳动合同，与劳动者发生争议的，劳动者向劳动争议仲裁委员会申请仲裁的期限应当自收到解除劳动合同书面通知之日起计算。

038 超过申诉时效的劳动争议如何处理?

一些当事人由于种种原因而耽误了申诉时效，仲裁委员会应当区别情况，分别处理：

(1)对无正当理由超过申诉时效的劳动争议，当事人就丧失了申诉的权利，仲裁委员会不予受理。

(2)当事人因不可抗力或者其他正当理由超过规定的申请仲裁时效的，仲裁委员会应当受理。“不可抗力”是指不能预见、不能避免并不能克服的情况。例如，因地震、水灾、火灾等现象产生的或者因战争或其他类似的军事行动等社会现象而产生的情况。“其他正当理由”则范围很宽，例如当事人不知道有仲裁委员会而向其他部门申诉延误时效或者生病，或者童工的法定代理人未确定等等，至于“理由”是否正当，则应由仲裁委员会认定。

(3)申诉时效届满还要查明有无申诉中止的情况。如果扣除中止时间后不超过申诉时效的，仲裁委员会应依法受理。

039 劳动争议仲裁申请书应该载明哪些内容?

申请人申请仲裁应当提交书面仲裁申请,并按照被申请人人数提交副本。

仲裁申请书应当载明下列事项:

(1)劳动者的姓名、性别、年龄、职业、工作单位和住所,用人单位的名称、住所和法定代表人或者主要负责人的姓名、职务;

(2)仲裁请求和所根据的事实、理由;

(3)证据和证据来源、证人姓名和住所。

书写仲裁申请确有困难的,可以口头申请,由劳动争议仲裁委员会记入笔录,并告知对方当事人。

040 劳动争议仲裁申请书的格式如何?

劳动争议仲裁申请书的示范格式如下:

劳动争议仲裁申请书

申诉人：

姓名：

性别：

年龄：

被诉人：

法定代表人：

地址：

请求事项：____________________

____

____

事实和理由(包括证据和证据来源,证人姓名和住址等情况)：____________________

____

____

此致

申诉人(单位)：__________(签名或盖章)

______年______月______日

附：1. 副本__________份；

2. 物证__________份；

3. 书证__________份。

041 劳动争议仲裁委员会如何管辖劳动争议?

劳动争议仲裁委员会负责管辖本区域内发生的劳动争议。

劳动争议由劳动合同履行地或者用人单位所在地的劳动争议仲裁委员会管辖。双方当事人分别向劳动合同履行地和用人单位所在地的劳动争议仲裁委员会申请仲裁的,由劳动合同履行地的劳动争议仲裁委员会管辖。

仲裁委员会发现受理的案件不属于本会管辖时,应当移送有管辖权的仲裁委员会。仲裁委员会之间因管辖权发生争议,由双方协商解决;协商不成时,由共同的上级劳动行政主管部门指定管辖。

发生劳动争议的单位与职工不在同一个仲裁委员会管辖地区的,由职工当事人工资关系所在地仲裁委员会受理。

042 劳动争议仲裁委员会受理劳动争议案件后需对哪些事项进行审核?

劳动争议仲裁委员会的办事机构负责劳动争议案件受理的日常工作。仲裁委员会办事机构工作人员接到仲裁申请书后,应对下列事项进行审查:

(1)申诉人是否与本案有直接利害关系;

(2)申请仲裁的争议是否属于劳动争议;

(3)申请仲裁的劳动争议是否属于仲裁委员会的受理内容;

(4)该劳动争议是否属于本仲裁委员会管辖;

(5)申请书及有关材料是否齐备并符合要求;

(6)申请时间是否符合申请仲裁的时效规定。

对申诉材料不齐备或有关情况不明确的仲裁申请书,应指导申诉人予以补充。

043 劳动争议仲裁委员会受理仲裁申请的程序如何?

劳动争议仲裁委员会收到仲裁申请之日起 5 日内,认为符合受理条件的,应当受理,并通知申请人;认为不符合受理条件的,应当书面通知申请人不予受理,并说明理由。对劳动争议仲裁委员会不予受理或者逾期未作出决定的,申请人可以就该劳动争议事项向人民法院提起诉讼。

劳动争议仲裁委员会受理仲裁申请后,应当在 5 日内将仲裁申请书副本送达被申请人。

被申请人收到仲裁申请书副本后,应当在 10 日内向劳动争议仲裁委员会提交答辩书。劳动争议仲裁委员会收到答辩书后,应当在 5 日内将答辩书副本送达申请人。被申请人未提交答辩书的,不影响仲裁程序的进行。

044 劳动争议仲裁案件中，如何确定双方当事人？

发生劳动争议的劳动者和用人单位为劳动争议仲裁案件的双方当事人。

劳务派遣[1]单位或者用工单位与劳动者发生劳动争议的，劳务派遣单位和用工单位为共同当事人。

与劳动争议案件的处理结果有利害关系的第三人，可以申请参加仲裁活动或者由劳动争议仲裁委员会通知其参加仲裁活动。

045 当事人可否委托代理人参加仲裁？代理人如何参加仲裁活动？

当事人可以委托代理人参加仲裁活动。委托他人参加仲裁活动，应当向劳动争议仲裁委员会提交有委托人签名或者盖章的委托书，委托书应当载明委托事项和权限。

丧失或者部分丧失民事行为能力的劳动者，由其法定代理人代为参加仲裁活动；无法定代理人的，由劳动争议仲裁委员会为其指定代理人。劳动者死亡的，由其近亲属或者代

① 劳务派遣，是指劳务派遣单位根据用工单位的要求，与用工单位签订派遣协议，将与之建立劳动合同关系的劳动者派往用工单位，被派遣劳动者在用工单位的指挥和管理下提供劳动，劳务派遣单位从用工单位获取派遣费，并向被派遣劳动者支付劳动报酬的一种特殊劳动关系。

理人参加仲裁活动。

046 如何书写授权委托书?

劳动争议仲裁授权委托书书的示范格式如下：

授权委托书

________劳动争议仲裁委员会：

你委受理________________一案，依照法律规定，本人(姓名、性别、身份证号码、工作单位、住址)特委托下列人员为代理人：

姓名：

性别：

年龄：

工作单位：

职务：

住址：

联系电话：

邮政编码：

委托事项和权限如下：________________________

____

受托人：　　　　(签名或盖章)

委托人：　　　　(签名或盖章)

______年______月______日

第三节 开庭和裁决

047 劳动争议仲裁是否公开进行?

劳动争议仲裁公开进行,但当事人协议不公开进行或者涉及国家秘密、商业秘密和个人隐私的除外。

商业秘密,是指不为公众所知悉、能为权利人带来经济利益、具有实用性并经权利人采取保密措施的技术信息和经营信息。

048 劳动争议仲裁委员会裁决劳动争议案件时,如何组成仲裁庭?

劳动争议仲裁委员会裁决劳动争议案件实行仲裁庭制。仲裁庭由 3 名仲裁员组成,设首席仲裁员。简单劳动争议案件可以由 1 名仲裁员独任仲裁。

049 什么是独任仲裁?

对事实清楚,案情简单,适用法律法规明确的案件,可以由仲裁委员会指定 1 名仲裁员独任处理,包括案件的调查、调解、裁决工作。

050 哪些情形下仲裁员应该回避?

仲裁员有下列情形之一,应当回避,当事人也有权以口头或者书面方式提出回避申请:

(1)是本案当事人或者当事人、代理人的近亲属的;

(2)与本案有利害关系的;

(3)与本案当事人、代理人有其他关系[①],可能影响公正裁决的;

(4)私自会见当事人、代理人,或者接受当事人、代理人的请客送礼的。

劳动争议仲裁委员会对回避申请应当及时作出决定,并以口头或者书面方式通知当事人。

---

① "其他关系"是指:

(1)对于承办的案件事先提供过咨询的;

(2)现任当事人的法律顾问或代理人,或曾任当事人的法律顾问且离任不满两年的;

(3)兼职仲裁员与当事人或其代理人在同一单位工作,或曾在同一单位工作且离开不满两年的;

(4)为本案当事人推荐、介绍代理人的;

(5)担任过与本案有关联案件的证人、鉴定人、勘验人、辩护人和代理人的;

(6)私自会见当事人或其代理人,或者接受当事人或其代理人的请客送礼的;

(7)其他可能影响公正仲裁的情形。

051 仲裁员有违法情形时，应如何承担法律责任？

仲裁员有私自会见当事人、代理人，或者接受当事人、代理人的请客送礼的，或者有索贿受贿、徇私舞弊、枉法裁决行为的，应当依法承担法律责任。劳动争议仲裁委员会应当将其解聘。

052 劳动争议仲裁委员会在裁决劳动争议案件时，应做好哪些准备？

劳动争议仲裁委员会应当在受理仲裁申请之日起 5 日内将仲裁庭的组成情况书面通知当事人。并在开庭 5 日前，将开庭日期、地点书面通知双方当事人。当事人有正当理由的，可以在开庭 3 日前请求延期开庭。是否延期，由劳动争议仲裁委员会决定。

053 劳动争议仲裁庭开庭程序如何？

仲裁庭开庭裁决，庭审时可以根据案情选择以下程序：

(1)由书记员查明双方当事人、代理人及有关人员是否到庭，宣布仲裁庭纪律。

(2)首席仲裁员宣布开庭、宣布仲裁员、书记员名单，告知当事人享有的仲裁权利和义务,询问当事人是否申请回避并宣布案由。

(3)听取申诉人员及其代理人的申诉和被诉人及其代理人的答辩。

(4)仲裁员以询问方式,对需要进一步了解的问题进行当庭调查,仲裁庭调查时可出示证据(包括书证、物证、证人证言、调查笔录、勘验笔录等),根据需要也可以传证人到庭,并告之证人的权利和义务。当事人对自己的主张有举责任和义务;在有些情况下,企业应承担提供有关证据的主要责任。

当事人经仲裁庭许可,可以向证人、鉴定人、勘验人发问;当事人要求重新进行调查、鉴定或者勘验的,是否准许,由仲裁庭决定。

(5)首席仲裁庭许可,可以向评价、鉴定人、勘验人发问;当事人要求重新进行调查、鉴定或者勘验的,是否准许,由仲裁庭决定。

(6)根据当事人的意见,当庭再行调解;当庭达成调解协议的,应由双方当事人在调解协议上签字。仲裁委员会应当根据双方达成的调解协议制作调解书送达当事人。

(7)不宜进行调解或调解达不成协议时,应及时休庭会议并作出裁决;裁决结果应记录在案,由仲裁员署名。

(8)仲裁庭复庭,由首席仲裁员宣布仲裁裁决。

(9)对于需要补充调查取证的案件,必须到庭的当事人和其他仲裁参加人有正当理由没有到庭的,以及仲裁庭难作结论或需提交仲裁委员会决定的疑难案件,仲裁应当宣布延期裁决。

(10)首席仲裁员宣布闭庭。

(11)仲裁庭闭庭后,书记员应将仲裁庭庭审记录交双方当事人和其他仲裁活动参加人校阅、签名。当事人认为自己的陈述和意见有遗漏和差错的,有权申请补正。最后,仲裁庭庭审记录应由仲裁员、书记员签名。

054 在仲裁过程中,申请人或被申请人拒不到庭或未经同意中途退场的,应如何处理?

申请人收到书面通知,无正当理由拒不到庭或者未经仲裁庭同意中途退庭的,可以视为撤回仲裁申请。

被申请人收到书面通知,无正当理由拒不到庭或者未经仲裁庭同意中途退庭的,可以缺席裁决。

055 仲裁开庭过程中,有专门性问题需要鉴定时,应如何处理?

仲裁庭对专门性问题认为需要鉴定的,可以交由当事人约定的鉴定机构鉴定;当事人没有约定或者无法达成约定的,由仲裁庭指定的鉴定机构鉴定。

根据当事人的请求或者仲裁庭的要求,鉴定机构应当派鉴定人参加开庭。当事人经仲裁庭许可,可以向鉴定人提问。

056 什么是质证？当事人在仲裁过程中是否可以进行质证和辩论？

质证,是指在庭审过程中,双方当事人通过采用质疑、辩驳、对质、辩论以及其地方法证明证据效力的活动。未经质证的证据,不能作为认定案件事实的依据。

当事人在仲裁过程中有权进行质证和辩论。质证和辩论终结时,首席仲裁员或者独任仲裁员应当征询当事人的最后意见。

057 在仲裁过程中,对于证据有哪些具体规定?

当事人提供的证据经查证属实的,仲裁庭应当将其作为认定事实的根据。

劳动者无法提供由用人单位掌握管理的与仲裁请求有关的证据,仲裁庭可以要求用人单位在指定期限内提供。用人单位在指定期限内不提供的,应当承担不利后果。

058 仲裁开庭笔录有什么要求?

仲裁庭应当将开庭情况记入笔录。当事人和其他仲裁参加人认为对自己陈述的记录有遗漏或者差错的,有权申请补正。如果不予补正,应当记录该申请。

笔录由仲裁员、记录人员、当事人和其他仲裁参加人签名或者盖章。

059 当事人在申请劳动争议仲裁后,是否可以和解或撤回仲裁申请?

当事人申请劳动争议仲裁后,可以自行和解。达成和解协议的,可以撤回仲裁申请。

060 什么是当事人自行和解?和解后仲裁庭如何结案?

仲裁庭中的和解,是指仲裁中的双方当事人在没有仲裁员的参与下,通过协商就某些争议自行达成解决的协议。当事人申请仲裁后,可以自行和解。这是当事人有权处分自己民事权利的体现。和解可以在开庭中,也可以庭外达成协议。和解可以由申请人提出,也可以由被申请人提出,亦可以由双方共同提出。

双方当事人达成和解协议的,可以申请仲裁庭根据和解协议作出裁决书。根据和解协议作出的裁决具有法律效力,当事人不得反悔。达成和解协议后,当事人也可以撤回仲裁请求。撤回仲裁申请后又反悔的,可以根据原来的仲裁协议再次申请仲裁。

061 仲裁庭作出裁决前,是否需要进行调解?

仲裁庭在作出裁决前,应当先行调解。

062 调解达成协议如何处理?达不成协议如何处理?

调解达成协议的,仲裁庭应当制作调解书。调解书应当写明仲裁请求和当事人协议的结果。调解书由仲裁员签名,加盖劳动争议仲裁委员会印章,送达双方当事人。调解书经双方当事人签收后,发生法律效力。

调解不成或者调解书送达前,一方当事人反悔的,仲裁庭应当及时作出裁决。

063 如何制作劳动争议仲裁调解书?

劳动争议仲裁调解书的示范格式如下:

×××劳动争议仲裁委员会调解书

×劳仲案字[ ]第 号

申诉人:

委托代理人:

被诉人:

委托代理人:

申诉事由及请求的情况:

____

____

调解达成协议的内容:

____

____

____

申诉人:

被诉人:

仲裁员:

×××劳动争议仲裁委员会

年 月 日

附:1. 本调解书一式三份,由双方当事人及仲裁委员会各存一份。
2. 本调解书自送达之日起具有法律效力。

064 仲裁庭裁决劳动争议案件,是否有时间限制?

仲裁庭裁决劳动争议案件,应当自劳动争议仲裁委员会受理仲裁申请之日起45日内结束。案情复杂需要延期的,经劳动争议仲裁委员会主任批准,可以延期并书面通知当事人,但是延长期限不得超过15日。逾期未作出仲裁裁决的,当事人可以就该劳动争议事项向人民法院提起诉讼。

仲裁庭裁决劳动争议案件时,其中一部分事实已经清楚,可以就该部分先行裁决[1]。

065 仲裁庭是否可以裁定先予执行?先予执行有哪些条件?

仲裁庭对追索劳动报酬、工伤医疗费、经济补偿或者赔

① 先行裁决,是指对整个争议中的某一个或某几个问题已经审理清楚,为了及时保护当事人的合法权益或有利于继续审理其他问题,仲裁庭先行作出的对某一个或某几个问题的终局性裁决。

偿金的案件,根据当事人的申请,可以裁决先予执行,移送人民法院执行。

仲裁庭裁决先予执行的,应当符合下列条件:

(1)当事人之间权利义务关系明确;

(2)不先予执行将严重影响申请人的生活。

劳动者申请先予执行的,可以不提供担保。

066 在裁决过程中,如何尊重仲裁员的意见?

裁决应当按照多数仲裁员的意见作出,少数仲裁员的不同意见应当记入笔录。仲裁庭不能形成多数意见时,裁决应当按照首席仲裁员的意见作出。

067 仲裁裁决书应当载明哪些内容?

裁决书应当载明仲裁请求、争议事实、裁决理由、裁决结果和裁决日期。裁决书由仲裁员签名,加盖劳动争议仲裁委员会印章。对裁决持不同意见的仲裁员,可以签名,也可以不签名。

068 仲裁裁决的效力如何？哪些劳动争议裁决属于终局裁决？

当事人对一般劳动争议案件的仲裁裁决不服的，可以自收到仲裁裁决书之日起15日内向人民法院提起诉讼；期满不起诉的，裁决书发生法律效力。

但下列劳动争议，除法律另有规定的外，仲裁裁决为终局裁决，裁决书自作出之日起发生法律效力：

(1)追索劳动报酬、工伤医疗费、经济补偿或者赔偿金，不超过当地月最低工资标准12个月金额的争议；

(2)因执行国家的劳动标准在工作时间、休息休假、社会保险等方面发生的争议。

劳动者对上述终局裁决不服的，也可以自收到仲裁裁决书之日起15日内向人民法院提起诉讼。

069 终局裁决的仲裁裁决可否撤销？如何撤销？

用人单位有证据证明终局裁决的仲裁裁决有下列情形之一，可以自收到仲裁裁决书之日起30日内向劳动争议仲裁委员会所在地的中级人民法院申请撤销裁决：

(1)适用法律、法规确有错误的；

(2)劳动争议仲裁委员会无管辖权的；

(3)违反法定程序的;

(4)裁决所根据的证据是伪造的;

(5)对方当事人隐瞒了足以影响公正裁决的证据的;

(6)仲裁员在仲裁该案时有索贿受贿、徇私舞弊、枉法裁决行为的。

人民法院经组成合议庭审查核实裁决有上述情形之一的,应当裁定撤销。

仲裁裁决被人民法院裁定撤销的,当事人可以自收到裁定书之日起 15 日内就该劳动争议事项向人民法院提起诉讼。

070 当事人对发生法律效力的调解书、仲裁书不履行的,另一方当事人应如何救济?

当事人对发生法律效力的调解书、裁决书,应当依照规定的期限履行。一方当事人逾期不履行的,另一方当事人可以依照民事诉讼法的有关规定向人民法院申请执行。受理申请的人民法院应当依法执行。

071 仲裁文书的送达有哪几种方式?

劳动仲裁文书的送达,是指劳动争议仲裁机关采取法定方式将仲裁法律文书及时、准确地送给劳动争议当事人的法律行为。劳动仲裁文书的送达是一种法律行为，必然产生一定的法律后果。如仲裁调解书一经依法送达就具有法律效力，双方当事人必须履行。一方当事人不履行，另一方当事人可向人民法院请求强制执行。因此，不按照法定程序和要求及时送达的，都是错误的。仲裁文书的送达主要有以下几种方式：

(1)直接送达。仲裁委员会送达仲裁文书应当直接送交受送达人；本人不在的，交其同住成年亲属签收；已向仲裁委员会指定代收的，交代收人签收；受送达人方是企业或单位，又没有向仲裁委员会指定代收人的，可以交其负责收件人签收。仲裁文书送达后，应由受送达人在送达回执上签字或盖章，受送达人在送达回执上的签收日期为送达日期。

(2)留置送达。受送达人拒绝接受仲裁文书的，送达人应当邀请有关组织的代表或其他人到场，说明情况，在送达回执上证明拒收事由和日期，由送达人、见证人签名或盖章，把送达文书留在受送达人住处，即视为送达的，称为留置送达。留置送达与直接送达具有同等效力。当事人因拒收裁决书，在法律规定的15日内未向人民法院起诉的，将丧失向人民法院起诉的权力，而裁决书即产生法律效力。

(3)委托送达或邮寄送达。直接送达有困难的，可以委托送达人所在地的仲裁委员会代为送达或通过邮局送达。邮寄送达，以挂号查询回执上注明的收件日期为送达日期。

(4)公告送达。受送达人下落不明，或者用上述方式无法送达仲裁文书的，可公告送达。自发出公告之日起，经过

30天,即视为送达。

仲裁调解书应当采取直接送达方式送达双方当事人签收。当事人拒绝接收调解书的,应视为当事人反悔。职工一方为30人以上的集体劳动争议的有关文书,可采用“布告”形式公布。

072 仲裁裁决书送达后,发现裁决书有笔误性错误应如何处理?

仲裁决定书的说明,对调解书或裁决书笔误性错误,可以使用仲裁决定书予以纠正,也可以使用仲裁决定书的方式通知当事人将原裁决书交回,重新领取更正后的裁决书。

073 人民法院可否直接受理不经仲裁委员会裁决的劳动争议案件?

劳动争议当事人应在争议发生之日起1年内向劳动争议仲裁委员会提出书面申请,经仲裁委员会裁决后,当事人对裁决不服,可自收到仲裁裁决书之日起15日内向人民法院起诉。劳动争议案件经劳动争议仲裁委员会仲裁是提起诉讼的必经程序。

074 当事人不服劳动争议仲裁委员会不予受理仲裁的决定，向人民法院起诉的，应如何处理？

（1）劳动争议仲裁委员会以当事人申请仲裁的事项不属于劳动争议为由，作出不予受理的书面裁决、决定或者通知，当事人不服，依法向人民法院起诉的，人民法院应当分别情况予以处理：属于劳动争议案件的，应当受理；虽不属于劳动争议案件，但属于人民法院主管的其他案件，应当依法受理。

（2）劳动争议仲裁委员会根据《劳动法》第 82 条[①]的规定，以当事人的仲裁申请超过 1 年期限为由，作出不予受理的书面裁决、决定或者通知，当事人不服，依法向人民法院起诉的，人民法院应当受理；对确已超过仲裁申请期限，又无不可抗力或者其他正当理由的，依法驳回其诉讼请求。

（3）劳动争议仲裁委员会以申请仲裁的主体不适格为由，作出不予受理的书面裁决、决定或者通知，当事人不服，依法向人民法院起诉的，经审查，确属主体不适格的，裁定不予受理或者驳回起诉。

（4）劳动争议仲裁委员会仲裁的事项不属于人民法院受理的案件范围，当事人不服，依法向人民法院起诉的，裁定不予受理或者驳回起诉。

---

① 《中华人民共和国劳动法》第 82 条："提出仲裁要求的一方应当自劳动争议发生之日起 60 日内向劳动争议仲裁委员会提出书面申请……"。《劳动争议调解仲裁法》将这一时效延长至 1 年。

075 哪些情况下人民法院可以裁定不予执行劳动争议仲裁裁决书、调解书?

当事人申请人民法院执行劳动争议仲裁机构作出的发生法律效力的裁决书、调解书,被申请人提出证据证明劳动争议仲裁裁决书、调解书有下列情形之一,并经审查核实的,人民法院可以裁定不予执行:

(1)裁决的事项不属于劳动争议仲裁范围,或者劳动争议仲裁机构无权仲裁的;

(2)适用法律确有错误的;

(3)仲裁员仲裁该案时,有徇私舞弊、枉法裁决行为的;

(4)人民法院认定执行该劳动争议仲裁裁决违背社会公共利益的。

人民法院在不予执行的裁定书中,应当告知当事人在收到裁定书之次日起30日内,可以就该劳动争议事项向人民法院起诉。

076 哪些情况下可以认定申请仲裁期间的中止和中断?

当事人能够证明在申请仲裁期间内因不可抗力或者其他客观原因无法申请仲裁的,人民法院应当认定申请仲裁期间中止,从中止的原因消灭之次日起,申请仲裁期间连续计算。

当事人能够证明在申请仲裁期间内具有下列情形之一的,人民法院应当认定申请仲裁期间中断:

(1)向对方当事人主张权利;

(2)向有关部门请求权利救济;

(3)对方当事人同意履行义务。

申请仲裁期间中断的,从对方当事人明确拒绝履行义务,或者有关部门作出处理决定或明确表示不予处理时起,申请仲裁期间重新计算。

第四章　劳动实体法基本问题总览

077 劳动者享有哪些基本权利?

劳动者享有平等就业和选择职业的权利、取得劳动报酬的权利、休息休假的权利、获得劳动安全卫生保护的权利、接受职业技能培训的权利、享受社会保险和福利的权利、提请劳动争议处理的权利以及法律规定的其他劳动权利。其中“法律规定的其他劳动权利”是指:参加和组织工会的权利,参加职工民主管理的权利,参加社会义务劳动的权利,参加劳动竞赛的权利,提出合理化建议的权利,从事科学研究、技术革新、发明创造的权利,依法解除劳动合同的权利,对用人单位管理人员违章指挥、强令冒险作业有拒绝执行的权利,对危害生命安全和身体健康的行为有权提出批评、检举和控告的权利,对违反劳动法的行为进行监督的权利等。

用人单位应当依法建立和完善规章制度,保障劳动者享有劳动权利和履行劳动义务。

078 工会的性质是什么？在企业中有什么作用？

工会是职工自愿结合的工人阶级的群众组织。中华全国总工会、地方总工会、产业工会具有社会团体法人资格。基层工会组织具备《民法通则》规定的法人条件的，依法取得社会团体法人资格。

劳动者有权依法参加和组织工会。维护职工合法权益是工会的基本职责，工会代表和维护劳动者的合法权益，依法独立自主地开展活动：

(1)工会依照法律规定通过职工代表大会或者其他形式，组织职工参与本单位的民主决策、民主管理和民主监督。

(2)工会通过平等协商和集体合同制度，协调劳动关系，维护企业职工劳动权益。

(3)工会组织和教育职工依照宪法和法律的规定行使民主权利，发挥国家主人翁的作用，通过各种途径和形式，参与管理国家事务、管理经济和文化事业、管理社会事务；协助人民政府开展工作，维护工人阶级领导的、以工农联盟为基础的人民民主专政的社会主义国家政权。

(4)工会动员和组织职工积极参加经济建设，努力完成生产任务和工作任务。教育职工不断提高思想道德、技术业务和科学文化素质，建设有理想、有道德、有文化、有纪律的职工队伍。

(5)各级工会依法维护劳动者的合法权益，对用人单位遵守劳动法律、法规的情况进行监督。任何组织和个人对于违反劳动法律、法规的行为有权检举和控告。

079 公平就业从政策上主要体现在哪些方面?

劳动者依法享有平等就业和自主择业的权利,劳动者的就业地位、就业机会和就业条件平等。劳动者就业,不因民族、种族、性别、宗教信仰等不同而受歧视:

(1)各民族劳动者享有平等的劳动权利。用人单位招用人员,应当依法对少数民族劳动者给予适当照顾。

(2)妇女享有与男子平等的就业权利。用人单位招用人员,除国家规定的不适合妇女的工种或者岗位外,不得以性别为由拒绝录用妇女或者提高对妇女的录用标准。用人单位录用女职工,不得在劳动合同中规定限制女职工结婚、生育的内容。

(3)用人单位招用人员,不得歧视残疾人。

(4)用人单位招用人员,不得以是传染病病原携带者为由拒绝录用。但是,经医学鉴定传染病病原携带者在治愈前或者排除传染嫌疑前,不得从事法律、行政法规和国务院卫生行政部门规定禁止从事的易使传染病扩散的工作。除国家法律、行政法规和国务院卫生行政部门规定禁止乙肝病原携带者从事的工作外,用人单位招用人员时不得强行将乙肝病毒血清学指标作为体检标准。

(5)农村劳动者进城就业享有与城镇劳动者平等的劳动权利,不得对农村劳动者进城就业设置歧视性限制。

(6)用人单位招用人员、职业中介机构从事职业中介活动,应当向劳动者提供平等的就业机会和公平的就业条件,不得实施就业歧视。用人单位发布的招用人员简章或招聘广告,不得包含歧视性内容。

080 劳动关系从什么时候起成立?

劳动关系,是指用人单位招用劳动者为其成员,劳动者在用人单位的管理下提供有报酬的劳动而产生的权利义务关系。根据《劳动法》和《劳动合同法》的规定,用人单位自用工之日起即与劳动者建立劳动关系。

081 建立劳动关系是否必须签订劳动合同?

劳动合同是劳动者与用人单位确立劳动关系、明确双方权利和义务的协议。《劳动法》和《劳动合同法》均规定:建立劳动关系,应当订立书面劳动合同。这里的“应当”应理解为“必须”的含义,即建立劳动关系的所有劳动者,不论是管理人员、技术人员还是以前所称的固定工,都必须订立劳动合同。

已建立劳动关系,未同时订立书面劳动合同的,应当自用工之日起1个月内订立书面劳动合同。

082 劳动合同应该包括哪些内容?

劳动合同的内容包括必备条款和约定条款。其中必备条款是每一份劳动合同都必须具备的,包括:

(1)用人单位的名称、住所和法定代表人或者主要负责人;

(2)劳动者的姓名、住址和居民身份证或者其他有效身份证件号码;

(3)劳动合同期限;

(4)工作内容和工作地点;

(5)工作时间和休息休假;

(6)劳动报酬;

(7)社会保险;

(8)劳动保护、劳动条件和职业危害防护;

(9)法律、法规规定应当纳入劳动合同的其他事项。

值得注意的是,在《劳动法》公布时,劳动合同的必备条款中没有规定"社会保险"一项,当时的解释是社会保险在全社会范围内依法执行,并非订立合同的双方当事人所能协商解决。但事实上用人单位不给劳动者缴纳社会保险费用的情况时有发生,故《劳动合同法》公布时已经明确将其列为劳动合同必备的一项,这对保护劳动者的合法权益也是一种进步。

除必备条款外,用人单位与劳动者还可以协商约定试用期、培训、保守商业秘密、补充保险和福利待遇等其他事项。

另外,《劳动法》原来规定的劳动纪律、劳动合同终止条件、违反劳动合同的责任等必备条款也被《劳动合同法》删除,这些条款可以作为约定条款出现。双方认为其他某些方面与劳动合同有关的内容仍需协调的,也可将协商后达成一致的内容写进合同。

083 什么是劳动合同的期限？劳动合同的期限有哪几种?

劳动合同期限,即劳动合同的有效时间。劳动合同期限分为固定期限、无固定期限和以完成一定工作任务为期限三种。

(1)固定期限劳动合同,是指用人单位与劳动者约定合同终止时间的劳动合同。

(2)无固定期限劳动合同,是指用人单位与劳动者约定无确定终止时间的劳动合同。有下列情形之一,劳动者提出或者同意续订、订立劳动合同的,应当订立无固定期限劳动合同(劳动者主动提出订立固定期限劳动合同的除外):

①劳动者已在该用人单位连续工作满 10 年的;

②用人单位初次实行劳动合同制度或者国有企业改制重新订立劳动合同时,劳动者在该用人单位连续工作满 10 年且距法定退休年龄不足 10 年的;

③连续订立两次固定期限劳动合同,且劳动者没有《劳动合同法》第 39 条(过失性辞退)和第 40 条第 1 项、第 2 项

（非过失性辞退）规定的情形续订劳动合同的。

用人单位自用工之日起满1年不与劳动者订立书面劳动合同的，视为用人单位与劳动者已订立无固定期限劳动合同。

（3）以完成一定工作任务为期限的劳动合同，是指用人单位与劳动者约定以某项工作的完成为合同期限的劳动合同。用人单位与劳动者协商一致，可以订立以完成一定工作任务为期限的劳动合同。

084 《劳动法》和《劳动合同法》分别对试用期问题作了什么规定？

"试用期"适用于初次就业或再次就业时改变劳动岗位或工种的劳动者。《劳动法》只笼统地规定了劳动合同可以约定试用期，试用期最长不得超过6个月。但在实际中，不少劳动者对用人单位滥用试用期、试用期过长等问题反响强烈，因此，《劳动合同法》对试用期问题作出了有针对性的规定：

（1）根据劳动合同期限的长短限定试用期的最长期限：

①劳动合同期限3个月以上不满1年的，试用期不得超过1个月；

②劳动合同期限1年以上3年以下的，试用期不得超过2个月；

③3年以上固定期限和无固定期限的劳动合同试用期不

得超过6个月。

根据上述规定,用人单位不分情况一律将试用期约定为6个月的行为可望得到规制。

(2)以完成一定工作任务为期限的劳动合同或者劳动合同期限不满3个月的,不得约定试用期。这是为了遏制用人单位短期用工现象,也打破了过去所有劳动合同都可以约定试用期的"定律"。

(3)同一用人单位与同一劳动者只能约定一次试用期。在同一单位更换工作岗位不得重新约定试用期。

(4)劳动合同仅约定试用期的,试用期不成立,该期限为劳动合同期限。

085 劳动合同中约定"服务期"是否合法?劳动者违反服务期约定有什么后果?

《劳动合同法》第22条第1款规定:用人单位为劳动者提供专项培训费用,对其进行专业技术培训的,可以与该劳动者订立协议,约定服务期。

由此可见,"服务期"协议是合法的,但要在劳动合同中约定服务期有着严格的条件:用人单位须提供了较大金额的专项培训费用,且对劳动者进行的是专业技术培训。对劳动者进行必要的职业培训就不能作为约定服务期的条件。

劳动者违反服务期约定的,应当按照约定向用人单位支付违约金。违约金的数额不得超过用人单位提供的培训费用。用人单位要求劳动者支付的违约金不得超过服务期尚未履行部分所应分摊的培训费用。

086 哪些情况下劳动合同无效或部分无效?

在以下几种情况下,劳动合同无效或者部分无效:

(1)以欺诈、胁迫的手段或者乘人之危,使对方在违背真实意思的情况下订立或者变更劳动合同的。其中,“欺诈”是指:一方当事人故意告知对方当事人虚假的情况,或者故意隐瞒真实的情况,诱使对方当事人作出错误意思表示的行为;“威胁”是指:以给公民及其亲友的生命健康、荣誉、名誉、财产等造成损害为要挟,迫使对方作出违背真实的意思表示的行为。

(2)用人单位免除自己的法定责任、排除劳动者的权利的。

(3)违反法律、行政法规强制性规定的。

在此可以对比一下《劳动法》和《劳动合同法》分别所规定的劳动合同无效情形:《劳动法》中所规定的无效合同不包括“用人单位免除自己的法定责任、排除劳动者的权利”一项,此项为《劳动合同法》所新增。现实中出现的“工伤概不负责”等对劳动者人身伤害的免责条款,就是用人单位免除自己法定责任、排除劳动者权利的典型情形,《劳动合同法》以法律的形式对其予以禁止,有利于保护劳动者的合法权益。

087 什么是劳动合同的变更？变更劳动合同应符合哪些要求？

劳动合同的变更，是指劳动合同当事人双方或单方依法修改或补充劳动合同内容的法律行为。劳动合同变更的对象仅限于劳动合同中的部分条款。

用人单位与劳动者协商一致，可以变更劳动合同约定的内容。变更劳动合同应符合下列要求：

(1)变更的应是尚未履行或者尚未完全履行的有效条款。已履行完毕的条款没有变更的必要和可能；无效条款则应予取消，不适用变更。

(2)变更的应是依法可以变更的条款。有些条款如合同当事人、合同期限等不得变更。

(3)变更劳动合同应当采用书面形式，变更后的劳动合同文本由用人单位和劳动者各执一份。

088 在劳动合同的履行中，双方各有哪些最主要的义务？违反这些义务应如何救济？

用人单位与劳动者应当按照劳动合同的约定，全面履行各自的义务：

(1)劳动报酬方面。用人单位应当按照劳动合同约定和国家规定，向劳动者及时足额发放劳动报酬。用人单位拖欠或者未足额发放劳动报酬的，劳动者可以依法向当地人民法院申请支付令，人民法院应当依法发出支付令。

(2)工作时间方面。用人单位应当严格执行劳动定额标准，不得强迫或者变相强迫劳动者加班。用人单位安排加班的，应当按照国家有关规定向劳动者支付加班费。

(3)劳动安全方面。劳动者拒绝用人单位管理人员违章指挥、强令冒险作业的，不视为违反劳动合同；对危害生命安全和身体健康的劳动条件，有权提出批评、检举和控告。

(4)劳动者应当完成劳动任务，提高职业技能，执行劳动安全卫生规程，遵守劳动纪律和职业道德。

089 什么是劳动合同的解除？劳动合同的解除分为哪几种情况？

劳动合同的解除，是指劳动合同在订立以后，尚未履行完毕或者未全部履行以前，由于合同双方或者单方的法律行为导致双方当事人提前消灭劳动关系的法律行为。劳动合同的解除包括协商解除和法定解除等情况。

090

什么是劳动合同的协商解除？协商解除是否需要支付经济补偿？

协商解除，是指用人单位与劳动者在完全自愿的情况下，互相协商，在彼此达成一致意见的基础上提前终止劳动合同的效力。《劳动法》和《劳动合同法》均规定：用人单位与劳动者协商一致，可以解除劳动合同。

根据《劳动合同法》和劳动部《违反和解除劳动合同的经济补偿办法》的相关规定，如果解除劳动合同是用人单位提出的，应依法向劳动者支付经济补偿金。而劳动者解除劳动合同，则只需提前30日以书面形式通知用人单位，不负违约责任[①]。另外，劳动者在试用期内提前3日通知用人单位即可解除劳动合同。

091

什么是劳动合同的法定解除？法定解除分为哪几种情况？

劳动合同的法定解除是指在履行劳动合同的过程中出现法定情形时，当事人一方有权单方解除合同。法定解除分为劳动者单方面提出的法定解除、用人单位单方面提出的法

---

① 处于服务期、负有商业保密和竞业限制等义务的劳动者除外。

定解除。

092 劳动者单方面提出解除劳动合同有哪些条件?劳动者有权单方面提出解除劳动合同的法定情形有哪些?

劳动者单方面提出解除劳动合同,需要提前30日以书面形式通知用人单位;劳动者在试用期内提前3日通知用人单位,可以解除劳动合同。

用人单位有下列情形之一的,劳动者可以解除劳动合同:

(1)未按照劳动合同的约定提供劳动保护或者劳动条件的;

(2)未及时足额支付劳动报酬的;

(3)未依法为劳动者缴纳社会保险费的;

(4)用人单位的规章制度违反法律、法规的规定,损害劳动者权益的;

(5)以欺诈、胁迫的手段或乘人之危,使劳动者在违背真实意思的情况下订立或者变更劳动合同;或者用人单位免除自己的法定责任、排除劳动者权利等,致使劳动合同无效的;

(6)法律、行政法规规定的其他情形。

用人单位以暴力、威胁或者非法限制人身自由的手段强迫劳动者劳动的,或者用人单位违章指挥、强令冒险作业危及劳动者人身安全的,劳动者可以立即解除劳动合同,不需事先告知用人单位。

093 用人单位可单方面提出解除劳动合同的情形有哪些?

用人单位单方面提出解除劳动合同分为两种情形:一种是“过失性辞退”;另一种是“无过失辞退”。

过失性辞退,是指劳动者自身有重大过失时,用人单位无需向劳动者预告就可以决定解除劳动合同。根据《劳动合同法》第39条的规定,劳动者有下列情形之一的,用人单位可以解除劳动合同:

(1)在试用期间被证明不符合录用条件的;

(2)严重违反用人单位的规章制度的;

(3)严重失职,营私舞弊,给用人单位造成重大损害的[①];

(4)劳动者同时与其他用人单位建立劳动关系,对完成本单位的工作任务造成严重影响,或者经用人单位提出,拒不改正的;

(5)因劳动者以欺诈、胁迫的手段或者乘人之危,使对方在违背真实意思的情况下订立或者变更劳动合同,致使劳动

① 这里的“重大损害”,可由企业内部规章来规定。因为企业类型各有不同,对重大损害的界定也千差万别,故立法上不便对重大损害作统一解释。若由此发生劳动争议,可以通过劳动争议仲裁委员会对其规章规定的重大损害进行认定。

合同无效的；

(6)被依法追究刑事责任的[①]。

无过失辞退则是在劳动者无过错的前提下，由于主客观情况发生变化而导致劳动合同无法履行，用人单位需要向劳动者预告后才能解除劳动合同。根据《劳动合同法》第 40 条的规定，有下列情形之一的，用人单位在提前 30 日以书面形式通知劳动者本人或者额外支付劳动者 1 个月工资后，可以解除劳动合同：

(1)劳动者患病或者非因工负伤，在规定的医疗期满后不能从事原工作，也不能从事由用人单位另行安排的工作的；

(2)劳动者不能胜任工作，经过培训或者调整工作岗位，仍不能胜任工作的[②]；

(3)劳动合同订立时所依据的客观情况发生重大变化，致使劳动合同无法履行，经用人单位与劳动者协商，未能就变更劳动合同内容达成协议的。

---

① “被依法追究刑事责任”，具体指：

(1)被人民检察院免予起诉的；

(2)被人民法院判处刑罚(刑罚包括：主刑：管制、拘役、有期徒刑、无期徒刑、死刑；附加刑：罚金、剥夺政治权利、没收财产)的；

(3)被人民法院依据《刑法》第 32 条免予刑事处分的。

② “不能胜任工作”，是指不能按要求完成劳动合同中约定的任务或者同工种、同岗位人员的工作量。用人单位不得故意提高定额标准，使劳动者无法完成。

094 什么是经济性裁员？企业较大规模裁员有哪些限制条件？

经济性裁员，是由于市场因素或者企业经营不善，导致经营状况出现严重困难，盈利能力下降，企业面临生存和发展的挑战，为降低运营成本，被迫采取裁员行为来缓解经济压力。经济性裁员是裁员的一种，是因为用人单位生产经营状况发生变化而出现了劳动力过剩现象，表现形式往往是批量辞退、集体辞退，必然给劳动者带来不利后果，不利于社会的稳定，也增加了就业压力。但在市场经济下企业具有自主经营权，需要自负盈亏而不是“社会收容所”，国家很难强迫企业不按照市场规律办事，经济性裁员就又具有不可避免性。因此，我国立法允许经济性裁员，但有着严格的限制条件。

有下列情形之一，需要裁减人员20人以上或者裁减不足20人但占企业职工总数10%以上的，用人单位应当提前30日向工会或者全体职工说明情况，听取工会或者职工的意见后，裁减人员方案经向劳动行政部门报告，可以裁减人员：

(1)依照企业破产法规定进行重整的；

(2)生产经营发生严重困难的；

(3)企业转产、重大技术革新或者经营方式调整，经变更劳动合同后，仍需裁减人员的；

(4)其他因劳动合同订立时所依据的客观经济情况发生重大变化，致使劳动合同无法履行的。

裁减人员时,应当优先留用下列劳动者:

(1)与本单位订立较长期限的固定期限劳动合同的;

(2)订立无固定期限劳动合同的;

(3)家庭无其他就业人员,有需要扶养的老人或者未成年人的。

用人单位较大规模裁员后,在6个月内重新招用人员的,应当通知被裁减的人员,并在同等条件下优先招用被裁减的人员。

095 在哪些情况下用人单位不能够解除劳动合同?

劳动者有下列情形之一的,用人单位不得对劳动者实行无过失辞退或裁员:

(1)从事接触职业病危害作业的劳动者未进行离岗前职业病健康检查,或者疑似职业病病人在诊断或者医学观察期间的;

(2)在本单位患职业病或者因工负伤并被确认丧失或者部分丧失劳动能力的;

(3)患病或者非因工负伤,在规定的医疗期内的;

(4)女职工在孕期、产期、哺乳期的;

(5)在本单位连续工作满15年,且距法定退休年龄不足5年的;

(6)法律、行政法规规定的其他情形。

需要注意,出现上述客观情况是劳动者主观上所不能控制的,因此用人单位不能解除劳动合同只是不能按照《劳动合同法》第40条、第41条的规定对劳动者实行无过失辞退或裁员;但当劳动者自身有严重过失,出现了《劳动合同法》第39条规定的过失性辞退情形时,用人单位仍然有权解除与劳动者之间的劳动合同。

096 什么是劳动合同的终止?在哪些情况下劳动合同终止?

劳动合同的终止,是指劳动关系由于一定法律事实的出现而终结,劳动者与用人单位之间原有的权利义务不再存在,劳动合同的法律效力依法被消灭。但是,劳动合同终止,原有的权利义务不再存在,并不是说劳动合同终止之前发生的权利义务关系消灭,而是说合同终止之后,双方不再执行原劳动合同中约定的事项[①],比如用人单位在合同终止前拖欠劳动者工资的,劳动合同终止后劳动者仍可依法请求法律救济。

有下列情形之一的,劳动合同终止:

1. 劳动合同期满的;

2. 劳动者已开始依法享受基本养老保险待遇的;

3. 劳动者死亡,或者被人民法院宣告死亡或者宣告失

① 全国人大常委会法制工作委员会编,信春鹰主编:《中华人民共和国劳动合同法释义》,法律出版社2007年版,第163页。

踪的；

4. 用人单位被依法宣告破产的；

5. 用人单位被吊销营业执照、责令关闭、撤销或者用人单位决定提前解散的；

6. 法律、行政法规规定的其他情形。

097 哪些情况下，劳动合同解除或终止时，用人单位要向劳动者支付经济补偿？

有下列情形之一的，用人单位应当向劳动者支付经济补偿：

（1）用人单位有不及时足额支付劳动报酬等劳动者有权无条件解除劳动合同的情形，劳动者提出解除合同的；（即《劳动合同法》第38条）

（2）用人单位向劳动者提出解除劳动合同并与劳动者协商一致解除劳动合同的；（即《劳动合同法》第36条）

（3）用人单位对劳动者实行非过失性辞退时；（即《劳动合同法》第40条）

（4）用人单位因较大规模裁员而解除与劳动者的劳动合同的；（即《劳动合同法》第41条第1款）

（5）劳动合同期满，劳动合同终止的[①]；（即《劳动合同法》第44条第1项）

---

① 劳动合同期满，用人单位维持或者提高劳动合同约定条件续订劳动合同，劳动者不同意续订的除外。

(6)因用人单位被依法宣告破产而终止劳动合同的;(即《劳动合同法》第44条第4项)

(7)因用人单位被吊销营业执照、责令关闭、撤销或者用人单位决定提前解散而终止劳动合同的;(即《劳动合同法》第44条第5项)

(8)法律、行政法规规定的其他情形。

098 经济补偿的标准如何确定?

经济补偿按照劳动者在本单位工作的年限,每满1年支付1个月工资的标准向劳动者支付。6个月以上不满1年的,按1年计算;不满6个月的,向劳动者支付半个月工资的经济补偿。

劳动者月工资高于用人单位所在直辖市、设区的市级人民政府公布的本地区上年度职工月平均工资3倍的,向其支付经济补偿的标准按职工月平均工资3倍的数额支付,向其支付经济补偿的年限最高不超过12年。

上述“月工资”是指劳动者在劳动合同解除或者终止前12个月的平均工资。

099 劳动者工作时间和休息休假方面的基本制度有哪些?

根据《劳动法》和相关法律法规的规定,工作时间和休息休假制度主要包括以下几个方面:

(1)国家实行劳动者每日工作时间不超过 8 小时、平均每周工作时间不超过 44 小时的工时制度;用人单位应当保证劳动者每周至少休息 1 日[①]。如果企业因生产特点不能保证上述休息时间的,可以经劳动行政部门批准,实行不定时工作制,如出租车驾驶员、森林巡视员等。

(2)用人单位在法定节日期间应当安排劳动者休假。法定节日包括元旦、春节、清明节、劳动节、端午节、中秋节、国庆节等。

(3)用人单位由于生产经营需要,经与工会和劳动者协商后可以延长工作时间,一般每日不得超过 1 小时;因特殊原因需要延长工作时间的,在保障劳动者身体健康的条件下延长工作时间每日不得超过 3 小时,且每月合计不得超过 36 小时。

(4)国家实行带薪年休假制度。劳动者在一个单位连续工作 1 年以上的,享受带薪年休假。职工在年休假期间享受与正常工作期间相同的工资收入。

---

① 这里的“1 日”,是指用人单位必须保证劳动者每周至少有一次 24 小时不间断的休息,而不能是间断加起来的 24 小时。

100 法定节假日有哪些？法定节假日如何放假？

根据2007年12月14日修订的《全国年节及纪念日放假办法》的规定，全体公民放假的节日有7个，分别是：

(1)新年，放假1天(1月1日)；

(2)春节，放假3天(农历除夕、正月初一、初二)；

(3)清明节，放假1天(农历清明当日)；

(4)劳动节，放假1天(5月1日)；

(5)端午节，放假1天(农历端午当日)；

(6)中秋节，放假1天(农历中秋当日)；

(7)国庆节，放假3天(10月1日、2日、3日)。

另外，还有4个部分公民放假的节日及纪念日：

(1)妇女节(3月8日)，妇女放假半天；

(2)青年节(5月4日)，14周岁以上的青年放假半天；

(3)儿童节(6月1日)，不满14周岁的少年儿童放假1天；

(4)中国人民解放军建军纪念日(8月1日)，现役军人放假半天。

全体公民放假的假日，如果适逢星期六、星期日，应当在工作日补假。部分公民放假的假日，如果适逢星期六、星期日，则不补假。休假节日不计入职工的带薪年休假假期。

101 用人单位休息日安排劳动者工作的应如何补偿?

用人单位休息日安排劳动者工作的,应先按同等时间安排其补休,不能安排补休的应支付延长工作时间的工资报酬。

102 用人单位安排劳动者加班的,应如何支付加班费? 加班费如何计算?

用人单位安排劳动者加班,应支付高于劳动者正常工作时间工资的工资报酬:

(1)安排劳动者延长工作时间的,支付不低于工资的150%的工资报酬;

(2)休息日安排劳动者工作又不能安排补休的,支付不低于工资的200%的工资报酬;

(3)法定休假日安排劳动者工作的,支付不低于工资的300%的工资报酬。

上述“工资”,对实行计时工资的用人单位,指的是用人单位规定的其本人的基本工资,其计算方法是:用月基本工资除以月法定工作天数(23.5天)即得日工资,用日工资除以日工作时间即得小时工资;对实行计件工资的用人单位,指的是劳动者在加班加点的工作时间内应得的计件工资。

103 职工带薪年休假的假期如何确定?

职工累计工作已满 1 年不满 10 年的,年休假 5 天;已满 10 年不满 20 年的,年休假 10 天;已满 20 年的,年休假 15 天。国家法定休假日、休息日不计入年休假的假期。

104 哪些情况下职工不享受带薪年休假?

职工有下列情形之一的,不享受当年的年休假:

(1)职工依法享受寒暑假,其休假天数多于年休假天数的;

(2)职工请事假累计 20 天以上且单位按照规定不扣工资的;

(3)累计工作满 1 年不满 10 年的职工,请病假累计 2 个月以上的;

(4)累计工作满 10 年不满 20 年的职工,请病假累计 3 个月以上的;

(5)累计工作满 20 年以上的职工,请病假累计 4 个月以上的。

105 如何理解用人单位的及时、足额支付劳动报酬义务?

(1)用人单位的及时支付劳动报酬义务是指:

用人单位应当每月至少发放一次劳动报酬。实行月薪制的用人单位,工资必须按月发放;实行小时工资制、日工资制、周工资制的用人单位的工资也可以按小时、按日或者按周发放,超过用人单位与劳动者约定的支付工资的时间发放工资的即构成"拖欠"劳动者劳动报酬的违法行为,应当依法承担一定的法律责任。

(2)用人单位的足额支付劳动报酬义务是指:

用人单位对履行了劳动合同规定的义务和责任、保质保量地完成生产工作任务的劳动者,应当足额支付劳动报酬。不支付或者未足额支付劳动报酬的,则构成"克扣"劳动者工资的行为,是依法应受处罚的行为。

《劳动合同法》还将支付令制度引入了欠薪案件中,规定用人单位未及时或者未足额发放劳动报酬的,劳动者可以依法向当地人民法院申请支付令,人民法院应当依法发出支付令。

106 劳动者在试用期间的工资如何确定?

劳动者在试用期的工资不得低于本单位同岗位最低档

工资或者劳动合同约定工资的80%，并不得低于用人单位所在地的最低工资标准。

107 劳动者依法享有哪些社会保险待遇？社会保险费由谁缴纳？

劳动者在下列情形下，依法享受社会保险待遇：(1)退休；(2)患病、负伤；(3)因工伤残或者患职业病；(4)失业；(5)生育。劳动者死亡后，其遗属依法享受遗属津贴。据此，劳动者依法享有基本养老、基本医疗、工伤、失业和生育保险待遇。其中基本养老、基本医疗、失业保险费需要由劳动者和用人单位共同负担，工伤、生育保险费只由单位负担，劳动者个人不用缴纳。

108 用人单位在劳动安全保障方面有哪些基本义务？

用人单位在劳动安全保障方面负有以下基本义务：

(1)用人单位必须建立、健全劳动安全卫生制度，严格执行国家劳动安全卫生规程和标准，对劳动者进行劳动安全卫生教育，防止劳动过程中的事故，减少职业危害。其中，“劳动安全卫生制度”主要指安全生产责任制、安全教育制度、安全检查制度、伤亡事故和职业病调查处理制度;“劳动安全卫生规程和标准”是指关于消除、限制或预防劳动过程中的危险和有害因素,保护职工安全与健康,保障设备、生产正常运行而制定的统一规定;“劳动安全卫生标准”分三级,即国家标准、行业标准和地方标准。

(2)劳动安全卫生设施必须符合国家规定的标准。新建、改建、扩建工程的劳动安全卫生设施必须与主体工程同时设计、同时施工、同时投入生产和使用。其中,“劳动安全卫生设施”,主要指安全技术方面的设施、劳动卫生方面的设施、生产性辅助设施(如:女工卫生室、更衣室、饮水设施等);“国家规定的标准”主要指劳动部门和各行业主管部门制定的一系列技术标准。

(3)用人单位必须为劳动者提供符合国家规定的劳动安全卫生条件和必要的劳动防护用品,对从事有职业危害作业的劳动者应当定期进行健康检查。其中,“劳动安全卫生条件”主要包括工作场所和生产设备两方面:工作场所的光线应当充足,噪声、有毒有害气体和粉尘浓度不得超过国家规定的标准,建筑施工、易燃易爆和有毒有害等危险作业场所应当设置相应的防护设施、报警装置、通讯装置、安全标志等;对危险性大的生产设备设施,如锅炉、压力容器、起重机械、电梯、企业内机动车辆、客运架空索道等,必须经过安全评价认可,取得劳动部门颁发的安全使用许可证后,方可投入运行。“劳动防护用品”必须是经过政府劳动部门安全认证合格的劳动防护用品。

(4)用人单位管理人员不得违章指挥、强令冒险作业,劳动者对此有权拒绝执行,不视为违反劳动合同;对危害生命安全和身体健康的行为,还有权提出批评、检举和控告。

109 劳动者在安全生产方面有哪些基本义务和权利?

劳动者在劳动过程中必须严格遵守安全操作规程。劳动者对用人单位管理人员违章指挥、强令冒险作业,有权拒绝执行;对危害生命安全和身体健康的行为,有权提出批评、检举和控告。

110 用人单位在要求劳动者保守秘密和竞业限制等方面有哪些权利?

用人单位可以通过劳动合同,要求劳动者保守用人单位的商业秘密和与知识产权相关的事项。

对劳动者竞业限制的规定则主要体现在:

(1)对负有保秘义务的劳动者,用人单位可以在劳动合同或者保密协议中与劳动者约定竞业限制条款,并约定在解除或者终止劳动合同后,在竞业限制期限内按月给予劳动者经济补偿。劳动者违反竞业限制约定的,应当按照约定向用人单位支付违约金。

(2)竞业限制的人员限于用人单位的高级管理人员、高级技术人员和其他知悉用人单位商业秘密的人员。竞业限制的范围、地域、期限由用人单位与劳动者约定,竞业限制的约定不得违反法律、法规的规定。

(3)在解除或者终止劳动合同后,限制上述人员到与本单位生产或者经营同类产品、业务的有竞争关系的其他用人单位,或者自己开业生产或者经营与本单位有竞争关系的同类产品、业务的期限不得超过2年。

111 用人单位的哪些行为可能构成犯罪?应如何处理?

用人单位有下列行为之一,构成犯罪的,依法追究刑事责任;有违反治安管理行为的,依法给予行政处罚;给劳动者造成损害的,用人单位应当承担赔偿责任:

(1)以暴力、威胁或者非法限制人身自由的手段强迫劳动的(强迫职工劳动罪);

(2)违章指挥或者强令冒险作业危及劳动者人身安全的(强令违章冒险作业罪);

(3)侮辱、体罚、殴打、非法搜查或者拘禁劳动者的(非法拘禁罪);

(4)劳动条件恶劣、环境污染严重,对劳动者身心健康造成严重损害的;

(5)安全设施或者安全生产条件不符合国家规定,因而

发生伤亡事故或其他严重后果的(重大安全事故罪);

(6)雇用未满16周岁的未成年人从事超强度体力劳动,或者危险环境下劳动的(雇用童工从事危重劳动罪)。

附录

中华人民共和国劳动争议调解仲裁法

（2007年12月29日中华人民共和国主席令第80号公布
自2008年5月1日起施行）

目　录

第一章　总　　则

第一条　【立法目的】[①]为了公正及时解决劳动争议，保护当事人合法权益，促进劳动关系和谐稳定，制定本法。

第二条　【调整范围】中华人民共和国境内的用人单位与劳动者发生的下列劳动争议，适用本法：

① 条文主旨为编者所加，下同。

（一）因确认劳动关系发生的争议；

（二）因订立、履行、变更、解除和终止劳动合同发生的争议；

（三）因除名、辞退和辞职、离职发生的争议；

（四）因工作时间、休息休假、社会保险、福利、培训以及劳动保护发生的争议；

（五）因劳动报酬、工伤医疗费、经济补偿或者赔偿金等发生的争议；

（六）法律、法规规定的其他劳动争议。

第三条 【劳动争议处理的原则】解决劳动争议，应当根据事实，遵循合法、公正、及时、着重调解的原则，依法保护当事人的合法权益。

第四条 【劳动争议当事人的协商和解】发生劳动争议，劳动者可以与用人单位协商，也可以请工会或者第三方共同与用人单位协商，达成和解协议。

第五条 【劳动争议处理的基本程序】发生劳动争议，当事人不愿协商、协商不成或者达成和解协议后不履行的，可以向调解组织申请调解；不愿调解、调解不成或者达成调解协议后不履行的，可以向劳动争议仲裁委员会申请仲裁；对仲裁裁决不服的，除本法另有规定的外，可以向人民法院提起诉讼。

第六条 【举证责任】发生劳动争议，当事人对自己提出的主张，有责任提供证据。与争议事项有关的证据属于用人单位掌握管理的，用人单位应当提供；用人单位不提供的，应当承担不利后果。

第七条 【劳动争议处理的代表人制度】发生劳动争议

的劳动者一方在十人以上，并有共同请求的，可以推举代表参加调解、仲裁或者诉讼活动。

第八条　【劳动争议处理的协调劳动关系三方机制】县级以上人民政府劳动行政部门会同工会和企业方面代表建立协调劳动关系三方机制，共同研究解决劳动争议的重大问题。

第九条　【劳动监察】用人单位违反国家规定，拖欠或者未足额支付劳动报酬，或者拖欠工伤医疗费、经济补偿或者赔偿金的，劳动者可以向劳动行政部门投诉，劳动行政部门应当依法处理。

第二章　调　　解

第十条　【调解组织】发生劳动争议，当事人可以到下列调解组织申请调解：

（一）企业劳动争议调解委员会；

（二）依法设立的基层人民调解组织；

（三）在乡镇、街道设立的具有劳动争议调解职能的组织。

企业劳动争议调解委员会由职工代表和企业代表组成。职工代表由工会成员担任或者由全体职工推举产生，企业代表由企业负责人指定。企业劳动争议调解委员会主任由工会成员或者双方推举的人员担任。

第十一条　【担任调解员的条件】劳动争议调解组织的调解员应当由公道正派、联系群众、热心调解工作，并具有一定法律知识、政策水平和文化水平的成年公民担任。

第十二条 【调解申请】当事人申请劳动争议调解可以书面申请,也可以口头申请。口头申请的,调解组织应当当场记录申请人基本情况、申请调解的争议事项、理由和时间。

第十三条 【调解方式】调解劳动争议,应当充分听取双方当事人对事实和理由的陈述,耐心疏导,帮助其达成协议。

第十四条 【调解协议】经调解达成协议的,应当制作调解协议书。

调解协议书由双方当事人签名或者盖章,经调解员签名并加盖调解组织印章后生效,对双方当事人具有约束力,当事人应当履行。

自劳动争议调解组织收到调解申请之日起十五日内未达成调解协议的,当事人可以依法申请仲裁。

第十五条 【申请仲裁】达成调解协议后,一方当事人在协议约定期限内不履行调解协议的,另一方当事人可以依法申请仲裁。

第十六条 【支付令】因支付拖欠劳动报酬、工伤医疗费、经济补偿或者赔偿金事项达成调解协议,用人单位在协议约定期限内不履行的,劳动者可以持调解协议书依法向人民法院申请支付令。人民法院应当依法发出支付令。

第三章 仲 裁

第一节 一般规定

第十七条 【劳动争议仲裁委员设立】劳动争议仲裁委员会按照统筹规划、合理布局和适应实际需要的原则设立。省、自治区人民政府可以决定在市、县设立;直辖市人民政府可以决定在区、县设立。直辖市、设区的市也可以设立一个或者若干个劳动争议仲裁委员会。劳动争议仲裁委员会不按行政区划层层设立。

第十八条 【制定仲裁规则及指导劳动争议仲裁工作】 国务院劳动行政部门依照本法有关规定制定仲裁规则。省、自治区、直辖市人民政府劳动行政部门对本行政区域的劳动争议仲裁工作进行指导。

第十九条 【劳动争议仲裁委员会组成及职责】 劳动争议仲裁委员会由劳动行政部门代表、工会代表和企业方面代表组成。劳动争议仲裁委员会组成人员应当是单数。

劳动争议仲裁委员会依法履行下列职责：

（一）聘任、解聘专职或者兼职仲裁员；

（二）受理劳动争议案件；

（三）讨论重大或者疑难的劳动争议案件；

（四）对仲裁活动进行监督。

劳动争议仲裁委员会下设办事机构，负责办理劳动争议仲裁委员会的日常工作。

第二十条 【仲裁员资格条件】 劳动争议仲裁委员会应当设仲裁员名册。

仲裁员应当公道正派并符合下列条件之一：

（一）曾任审判员的；

（二）从事法律研究、教学工作并具有中级以上职称的；

（三）具有法律知识、从事人力资源管理或者工会等专业工作满五年的；

（四）律师执业满三年的。

第二十一条 【仲裁管辖】劳动争议仲裁委员会负责管辖本区域内发生的劳动争议。

劳动争议由劳动合同履行地或者用人单位所在地的劳动争议仲裁委员会管辖。双方当事人分别向劳动合同履行地和用人单位所在地的劳动争议仲裁委员会申请仲裁的，由劳动合同履行地的劳动争议仲裁委员会管辖。

第二十二条 【仲裁案件当事人】发生劳动争议的劳动者和用人单位为劳动争议仲裁案件的双方当事人。

劳务派遣单位或者用工单位与劳动者发生劳动争议的，劳务派遣单位和用工单位为共同当事人。

第二十三条 【仲裁案件第三人】与劳动争议案件的处理结果有利害关系的第三人，可以申请参加仲裁活动或者由劳动争议仲裁委员会通知其参加仲裁活动。

第二十四条 【委托代理】当事人可以委托代理人参加仲裁活动。委托他人参加仲裁活动，应当向劳动争议仲裁委员会提交有委托人签名或者盖章的委托书，委托书应当载明委托事项和权限。

第二十五条 【法定代理和指定代理】丧失或者部分丧失民事行为能力的劳动者，由其法定代理人代为参加仲裁活动；无法定代理人的，由劳动争议仲裁委员会为其指定代理人。劳动者死亡的，由其近亲属或者代理人参加仲裁活动。

第二十六条 【仲裁公开】劳动争议仲裁公开进行，但当事人协议不公开进行或者涉及国家秘密、商业秘密和个人隐私的除外。

第二节 申请和受理

第二十七条 【仲裁时效】劳动争议申请仲裁的时效期间为一年。仲裁时效期间从当事人知道或者应当知道其权利被侵害之日起计算。

前款规定的仲裁时效,因当事人一方向对方当事人主张权利,或者向有关部门请求权利救济,或者对方当事人同意履行义务而中断。从中断时起,仲裁时效期间重新计算。

因不可抗力或者有其他正当理由,当事人不能在本条第一款规定的仲裁时效期间申请仲裁的,仲裁时效中止。从中止时效的原因消除之日起,仲裁时效期间继续计算。

劳动关系存续期间因拖欠劳动报酬发生争议的,劳动者申请仲裁不受本条第一款规定的仲裁时效期间的限制;但是,劳动关系终止的,应当自劳动关系终止之日起一年内提出。

第二十八条 【仲裁申请】申请人申请仲裁应当提交书面仲裁申请,并按照被申请人人数提交副本。

仲裁申请书应当载明下列事项:

(一)劳动者的姓名、性别、年龄、职业、工作单位和住所,用人单位的名称、住所和法定代表人或者主要负责人的姓名、职务;

(二)仲裁请求和所根据的事实、理由;

(三)证据和证据来源、证人姓名和住所。

书写仲裁申请确有困难的,可以口头申请,由劳动争议仲裁委员会记入笔录,并告知对方当事人。

第二十九条　【仲裁申请的受理和不予受理】劳动争议仲裁委员会收到仲裁申请之日起五日内,认为符合受理条件的,应当受理,并通知申请人;认为不符合受理条件的,应当书面通知申请人不予受理,并说明理由。对劳动争议仲裁委员会不予受理或者逾期未作出决定的,申请人可以就该劳动争议事项向人民法院提起诉讼。

第三十条　【仲裁申请送达与仲裁答辩书的提供】劳动争议仲裁委员会受理仲裁申请后,应当在五日内将仲裁申请书副本送达被申请人。

被申请人收到仲裁申请书副本后,应当在十日内向劳动争议仲裁委员会提交答辩书。劳动争议仲裁委员会收到答辩书后,应当在五日内将答辩书副本送达申请人。被申请人未提交答辩书的,不影响仲裁程序的进行。

第三节　开庭和裁决

第三十一条　【仲裁庭组成】劳动争议仲裁委员会裁决劳动争议案件实行仲裁庭制。仲裁庭由三名仲裁员组成,设首席仲裁员。简单劳动争议案件可以由一名仲裁员独任仲裁。

第三十二条　【书面通知仲裁庭组成情况】劳动争议仲裁委员会应当在受理仲裁申请之日起五日内将仲裁庭的组成情况书面通知当事人。

第三十三条　【仲裁员回避】仲裁员有下列情形之一,应当回避,当事人也有权以口头或者书面方式提出回避申请:

(一)是本案当事人或者当事人、代理人的近亲属的;

（二）与本案有利害关系的；

（三）与本案当事人、代理人有其他关系，可能影响公正裁决的；

（四）私自会见当事人、代理人，或者接受当事人、代理人的请客送礼的。

劳动争议仲裁委员会对回避申请应当及时作出决定，并以口头或者书面方式通知当事人。

第三十四条　【仲裁员的法律责任】仲裁员有本法第三十三条第四项规定情形，或者有索贿受贿、徇私舞弊、枉法裁决行为的，应当依法承担法律责任。劳动争议仲裁委员会应当将其解聘。

第三十五条　【开庭通知与延期开庭】仲裁庭应当在开庭五日前，将开庭日期、地点书面通知双方当事人。当事人有正当理由的，可以在开庭三日前请求延期开庭。是否延期，由劳动争议仲裁委员会决定。

第三十六条　【视为撤回仲裁裁决和缺席裁决】申请人收到书面通知，无正当理由拒不到庭或者未经仲裁庭同意中途退庭的，可以视为撤回仲裁申请。

被申请人收到书面通知，无正当理由拒不到庭或者未经仲裁庭同意中途退庭的，可以缺席裁决。

第三十七条　【鉴定】仲裁庭对专门性问题认为需要鉴定的，可以交由当事人约定的鉴定机构鉴定；当事人没有约定或者无法达成约定的，由仲裁庭指定的鉴定机构鉴定。

根据当事人的请求或者仲裁庭的要求，鉴定机构应当派鉴定人参加开庭。当事人经仲裁庭许可，可以向鉴定人提问。

第三十八条 【质证、辩论、陈述最后意见】当事人在仲裁过程中有权进行质证和辩论。质证和辩论终结时，首席仲裁员或者独任仲裁员应当征询当事人的最后意见。

第三十九条 【证据及举证责任】当事人提供的证据经查证属实的，仲裁庭应当将其作为认定事实的根据。

劳动者无法提供由用人单位掌握管理的与仲裁请求有关的证据，仲裁庭可以要求用人单位在指定期限内提供。用人单位在指定期限内不提供的，应当承担不利后果。

第四十条 【仲裁庭审笔录】仲裁庭应当将开庭情况记入笔录。当事人和其他仲裁参加人认为对自己陈述的记录有遗漏或者差错的，有权申请补正。如果不予补正，应当记录该申请。

笔录由仲裁员、记录人员、当事人和其他仲裁参加人签名或者盖章。

第四十一条 【当事人自行和解】当事人申请劳动争议仲裁后，可以自行和解。达成和解协议的，可以撤回仲裁申请。

第四十二条 【仲裁庭调解】仲裁庭在作出裁决前，应当先行调解。

调解达成协议的，仲裁庭应当制作调解书。

调解书应当写明仲裁请求和当事人协议的结果。调解书由仲裁员签名，加盖劳动争议仲裁委员会印章，送达双方当事人。调解书经双方当事人签收后，发生法律效力。

调解不成或者调解书送达前，一方当事人反悔的，仲裁庭应当及时作出裁决。

第四十三条　【仲裁审理时限及先行裁决】仲裁庭裁决劳动争议案件,应当自劳动争议仲裁委员会受理仲裁申请之日起四十五日内结束。案情复杂需要延期的,经劳动争议仲裁委员会主任批准,可以延期并书面通知当事人,但是延长期限不得超过十五日。逾期未作出仲裁裁决的,当事人可以就该劳动争议事项向人民法院提起诉讼。

仲裁庭裁决劳动争议案件时,其中一部分事实已经清楚,可以就该部分先行裁决。

第四十四条　【先予执行】仲裁庭对追索劳动报酬、工伤医疗费、经济补偿或者赔偿金的案件,根据当事人的申请,可以裁决先予执行,移送人民法院执行。

仲裁庭裁决先予执行的,应当符合下列条件:

(一)当事人之间权利义务关系明确;

(二)不先予执行将严重影响申请人的生活。

劳动者申请先予执行的,可以不提供担保。

第四十五条　【作出裁决】裁决应当按照多数仲裁员的意见作出,少数仲裁员的不同意见应当记入笔录。仲裁庭不能形成多数意见时,裁决应当按照首席仲裁员的意见作出。

第四十六条　【裁决书】裁决书应当载明仲裁请求、争议事实、裁决理由、裁决结果和裁决日期。裁决书由仲裁员签名,加盖劳动争议仲裁委员会印章。对裁决持不同意见的仲裁员,可以签名,也可以不签名。

第四十七条　【终局裁决】下列劳动争议,除本法另有规定的外,仲裁裁决为终局裁决,裁决书自作出之日起发生法

律效力:

(一)追索劳动报酬、工伤医疗费、经济补偿或者赔偿金,不超过当地月最低工资标准十二个月金额的争议;

(二)因执行国家的劳动标准在工作时间、休息休假、社会保险等方面发生的争议。

第四十八条 【劳动者提起诉讼】劳动者对本法第四十七条规定的仲裁裁决不服的,可以自收到仲裁裁决书之日起十五日内向人民法院提起诉讼。

第四十九条 【用人单位申请撤销终局裁决】用人单位有证据证明本法第四十七条规定的仲裁裁决有下列情形之一,可以自收到仲裁裁决书之日起三十日内向劳动争议仲裁委员会所在地的中级人民法院申请撤销裁决:

(一)适用法律、法规确有错误的;

(二)劳动争议仲裁委员会无管辖权的;

(三)违反法定程序的;

(四)裁决所根据的证据是伪造的;

(五)对方当事人隐瞒了足以影响公正裁决的证据的;

(六)仲裁员在仲裁该案时有索贿受贿、徇私舞弊、枉法裁决行为的。

人民法院经组成合议庭审查核实裁决有前款规定情形之一的,应当裁定撤销。

仲裁裁决被人民法院裁定撤销的,当事人可以自收到裁定书之日起十五日内就该劳动争议事项向人民法院提起诉讼。

第五十条 【不服仲裁裁决提起诉讼】当事人对本法第

四十七条规定以外的其他劳动争议案件的仲裁裁决不服的，可以自收到仲裁裁决书之日起十五日内向人民法院提起诉讼；期满不起诉的，裁决书发生法律效力。

第五十一条　【生效调解书、裁决书的执行】当事人对发生法律效力的调解书、裁决书，应当依照规定的期限履行。一方当事人逾期不履行的，另一方当事人可以依照民事诉讼法的有关规定向人民法院申请执行。受理申请的人民法院应当依法执行。

第四章　附　　则

第五十二条　【事业单位劳动争议的处理】事业单位实行聘用制的工作人员与本单位发生劳动争议的，依照本法执行；法律、行政法规或者国务院另有规定的，依照其规定。

第五十三条　【仲裁不收费】劳动争议仲裁不收费。劳动争议仲裁委员会的经费由财政予以保障。

第五十四条　【生效时间】本法自2008年5月1日起施行。

劳动争议仲裁委员会办案规则

（1993年10月18日劳动部发布）

第一章　总　　则

第一条　为实现劳动仲裁办案规范化，保证办案质量，及时正确地处理劳动争议，根据《中华人民共和国企业劳动争议处理条例》（以下简称《条例》），制定本规则。

第二条　地方各级劳动争议仲裁委员会及其办事机构的工作人员、仲裁员，均应执行本规则。

第三条　劳动争议仲裁委员会（以下简称仲裁委员会）处理劳动争议案件，必须遵守国家法律、法规、规章和政策，查明事实，先行调解，调解不成时，及时裁决。对当事人适用法律一律平等。

第四条　仲裁委员会及仲裁庭处理劳动争议案件，实行少数服从多数的原则。

第五条　仲裁庭在仲裁委员会领导下依法处理劳动争议。

第二章　管　　辖

第六条　地方各级仲裁委员会处理劳动争议的管辖范围由省、自治区、直辖市人民政府依据《条例》确定。

第七条　仲裁委员会发现受理的案件不属于本会管辖时,应当移送有管辖权的仲裁委员会。仲裁委员会之间因管辖权发生争议,由双方协商解决;协商不成时,由共同的上级劳动行政主管部门指定管辖。

第八条　发生劳动争议的单位与职工不在同一个仲裁委员会管辖地区的,由职工当事人工资关系所在地仲裁委员会受理。

第三章　仲裁参加人

第九条　企业与职工为劳动争议的当事人。企业法人由其法定代表人参加仲裁活动。依法成立的其他企业或单位由其主要负责人参加仲裁活动。

当事人可以委托一至二名律师或其他人代理参加仲裁活动。委托他人参加仲裁活动,必须向仲裁委员会提交有委托人签名或盖章的授权委托书,委托书应当明确委托事项和权限。无民事行为能力和限制行为能力的职工可由其法定代理人代为申诉;死亡职工可由其利害关系人代为申诉;法定代理人或利害关系人不明确的,由仲裁委员会指定代理人。

第十条　发生劳动争议的职工一方在三人以上,并有共同理由的,应当推举代表参加仲裁活动。代表人数由仲裁委员会确定。

第十一条 与劳动争议处理结果有利害关系的第三人，可以申请参加仲裁活动,或者由仲裁委员会通知其参加。

第四章 案件受理

第十二条 仲裁委员会的办事机构负责劳动争议案件受理的日常工作。仲裁委员会办事机构工作人员接到仲裁申请书后,应对下列事项进行审查:

(一)申诉人是否与本案有直接利害关系;

(二)申请仲裁的争议是否属于劳动争议;

(三)申请仲裁的劳动争议是否属于仲裁委员会的受理内容;

(四)该劳动争议是否属于本仲裁委员会管辖;

(五)申请书及有关材料是否齐备并符合要求;

(六)申请时间是否符合申请仲裁的时效规定。

对申诉材料不齐备或有关情况不明确的仲裁申请书,应指导申诉人予以补充。

第十三条 仲裁委员会可以授权其办事机构负责立案审批工作。

仲裁委员会办事机构工作人员对于经审查符合受理条件的案件,应即填写《立案审批表》并及时报仲裁委员会或其办事机构负责人审批。

第十四条 仲裁委员会或其办事机构负责人对《立案审批表》应自填表之日起七日内作出决定。决定不予立案的,应当自作出决定之日起七日内制作不予受理通知书,送达申诉人;决定立案的,应当自作出决定之日起七日内向申诉人发出书面通知,将申诉书副本送达被诉人,并要求其在十五日内提交答辩书和证据。

被诉人不提交答辩书的,不影响案件的处理。

第五章　案件仲裁准备

第十五条　仲裁委员会决定受理的劳动争议案件,应自立案之日起七日内按《劳动争议仲裁委员会组织规则》组成仲裁庭。

第十六条　对事实清楚,案情简单,适用法律法规明确的案件,可由仲裁委员会指定一名仲裁员独任处理。

第十七条　仲裁委员会的成员或被指定的仲裁员有《条例》第三十五条所列情形之一的,应当回避。

前款规定同时适用于书记员、鉴定人、勘验人,以及翻译人员。

第十八条　仲裁委员会主任的回避,由仲裁委员会决定;仲裁委员会其他成员、仲裁员和其他人员的回避由仲裁委员会主任决定。

第十九条　仲裁委员会或仲裁委员会主任对回避申请应在七日内作出决定,并以口头或书面方式通知当事人。

第二十条　仲裁庭成员应认真审阅申诉、答辩材料,调查、收集证据,查明争议事实。

第二十一条　仲裁员进行调查时,应当先向被调查人出示证件。调查笔录经被调查人校阅后,由被调查人、调查人签名或盖章。

第二十二条 在仲裁活动中,遇有需要勘验或鉴定的问题,应交由法定部门勘验或鉴定;没有法定部门的,由仲裁委员会委托有关部门勘验或鉴定。

第二十三条 各地仲裁委员会之间可以互相委托调查。受委托方仲裁委员会应当在委托方仲裁委员会要求的期限内完成调查,因故不能完成的应当在要求期限内函告委托方仲裁委员会。

第二十四条 仲裁庭成员应根据调查的事实,拟定处理方案。

第六章 案 件 审 理

第二十五条 仲裁庭审理劳动争议案件,应于开庭四日前,将仲裁庭组成人员、开庭时间、地点的书面通知送达当事人。当事人接到通知,无正当理由拒不到庭的,或在开庭期间未经仲裁庭同意自行退庭的,对申诉人按撤诉处理,对被诉人作缺席裁决。

第二十六条 仲裁庭审理劳动争议案件应当先行调解。

经调解达成协议的,按《条例》第二十七、二十八条的规定制作仲裁调解书。调解书由双方当事人签字、仲裁员署名、加盖仲裁委员会印章并送达当事人。

调解未达成协议,或仲裁调解书送达前当事人反悔的,以及当事人拒绝接收调解书的,仲裁庭应及时裁决。

第二十七条 仲裁庭开庭裁决,可以根据案情选择以下程序:

(一)由书记员查明双方当事人、代理人及有关人员是否

到庭,宣布仲裁庭纪律;

(二)首席仲裁员宣布开庭,宣布仲裁员、书记员名单,告知当事人的申诉、申辩权利和义务,询问当事人是否申请回避并宣布案由;

(三)听取申诉人的申诉和被诉人的答辩;

(四)仲裁员以询问方式,对需要进一步了解的问题进行当庭调查,并征询双方当事人的最后意见;

(五)根据当事人的意见,当庭再行调解;

(六)不宜进行调解或调解达不成协议时,应及时休庭合议并作出裁决;

(七)仲裁庭复庭,宣布仲裁裁决;

(八)对仲裁庭难作结论或需提交仲裁委员会决定的疑难案件,仲裁庭应当宣布延期裁决。

第二十八条 在管辖区域内有重大影响的案件,以及经仲裁庭合议难作结论的疑难案件,仲裁庭可在查明事实后提交仲裁委员会决定。

第二十九条 仲裁庭作出裁决前,申诉人申请撤诉的,仲裁庭审查后决定其撤诉是否成立。仲裁决定须在七日内完成。

第三十条 仲裁庭处理劳动争议,应从组成仲裁庭之日起六十日内结案。案情复杂需要延期的,报仲裁委员会批准后可适当延长,但最长延期不得超过三十日。

对于请示待批,工伤鉴定,当事人因故不能参加仲裁活动,以及其他妨碍仲裁办案进行的客观情况,应视为仲裁时效中止,并需报仲裁委员会审查同意。仲裁时效中止不应计人仲裁办案时效内。

第三十一条 仲裁庭处理劳动争议结案时,应填写《仲裁结案审批表》报仲裁委员会主任审批。仲裁委员会主任认为有必要,也可提交仲裁委员会审批。审批须在七日内完成。

第三十二条 仲裁庭作出裁决后,应制作仲裁裁决书。裁决书由仲裁员署名,加盖仲裁委员会印章,送达双方当事人。

仲裁庭当庭裁决的,应当在七日内发送裁决书。定期另庭裁决的当庭发给裁决书。

第三十三条 仲裁庭作出裁决时,对涉及经济赔偿和补偿的争议标的可作变更裁决,对其他争议标的可在作出肯定或否定裁决的同时,另向当事人提出书面仲裁建议。

第三十四条 各级仲裁委员会主任对本委员会已发生法律效力的裁决书,发现确有错误,需要重新处理的,应提交本仲裁委员会决定。

决定重新处理的争议,由仲裁委员会决定终止原裁决的执行。仲裁决定书由仲裁委员会主任署名,加盖仲裁委员会印章。

仲裁委员会宣布原仲裁裁决书无效后,应从宣布无效之日起七日内另行组成仲裁庭。仲裁庭再次处理劳动争议案件,应当自组成仲裁庭之日起三十日内结案。

第三十五条 仲裁裁决书应写明:

(一)申诉人和被诉人的姓名、性别、年龄、民族、职业、工作单位和住址,单位名称、地址及其法定代表人(或负责人)

或代理人的姓名、职务；

（二）申诉的理由、争议的事实和要求；

（三）裁决认定的事实、理由和适用的法律、法规；

（四）裁决的结果及费用的负担；

（五）不服裁决，向人民法院起诉的期限。

仲裁调解书可参考仲裁裁决书的格式制作。

第七章　案件特别审理

第三十六条　职工一方在三十人以上的集体劳动争议适用本章规定。本章没有规定的适用本规则和《条例》的有关规定。

第三十七条　仲裁委员会处理集体劳动争议，应当组成特别仲裁庭。特别仲裁庭由三个以上仲裁员单数组成。

县级仲裁委员会认为有必要，可以将集体劳动争议报请市（地、州、盟）仲裁委员会处理。

第三十八条　仲裁庭对集体劳动争议应按照就地、就近的原则进行处理，开庭场所可设在发生争议的企业或其他便于及时办案的地方。

第三十九条　仲裁委员会应当自收到集体劳动争议申诉书之日起三日内作出受理或者不予受理的决定。仲裁委员会在作出受理决定的同时，组成特别仲裁庭，用通知书或布告形式通知当事人；决定不予受理的，应当说明理由。

第四十条　受理通知书送达或受理布告公布后，当事人不得有激化矛盾的行为。

第四十一条　仲裁庭处理集体劳动争议应先行调解，或者促成职工代表与企业代表召开协商会议，在查明事实的基础上促使当事人自愿达成协议。

调解达成协议的，调解书自送达或布告公布之日起即发生法律效力。

调解或协商未能达成协议的，仲裁庭应及时裁决。

第四十二条　仲裁庭作出裁决后，应制作裁决书送达当事人，或用“布告”形式公布。

第四十三条　仲裁庭处理集体劳动争议，应当自组成仲裁庭之日起十五日内结束。案情复杂需要延期的，经报仲裁委员会批准，可以适当延期，但是延长的期限不得超过十五日。

第四十四条　仲裁委员会对受理的集体劳动争议及其处理结果应及时向当地人民政府汇报。

第八章　期间、送达

第四十五条　期间包括法定期间和仲裁委员会指定的期间。期间以日、月、年计算。期间开始之日计算在期间内。期间届满的最后一日是法定节假日的，以节假日后的第一天为期间届满的日期。期间不包括在途时间。仲裁文书在期满前交邮的，不算过期。

第四十六条　当事人因不可抗拒的事由，或其他正当理由超过申诉时效的劳动争议，仲裁委员会应当受理。

第四十七条　送达仲裁文书必须有送达回执，由受送达人在送达回执上记明收到日期，签名或盖章。

受送达人在送达回执上的签收日期为送达日期。

第四十八条 仲裁委员会送达仲裁文书,应当直接送交受送达人;本人不在的,交其同住成年亲属签收;受送达人已向仲裁委员会指定代收人的,交代收人签收;受送达人方是企业或单位,又没有向仲裁委员会指定代收人的,可以交其负责收件人签收。

第四十九条 受送达人拒绝接受仲裁文书的,送达人应邀请有关组织的代表或其他人到场,说明情况,在送达回执上证明拒收事由和日期,由送达人、见证人签名或盖章,把仲裁文书留在受送达人的住所,即视为送达。

第五十条 直接送达仲裁文书有困难的,可以委托当事人所在地的仲裁委员会代为送达,或者邮寄送达。邮寄送达,以挂号查询回执上注明的收件日期为送达日期。

第五十一条 受送达人下落不明,或者用本规定的其他方式无法送达仲裁文书的,可公告送达。自发出公告之日起,经过三十日,即视为送达。

公告送达,应当在案卷中记明原因和经过。

第九章 归 档

第五十二条 劳动争议处理终结后,应将处理过程中形成的全部材料,按类别或时间顺序排列,编写目录、页码,装订成册,立卷归档。

卷宗材料必须是复印、铅印、油印或用钢笔、毛笔书写,不得用铅笔、圆珠笔书写或复写纸复写。

第五十三条 仲裁案卷分正卷和副卷装订。

正卷包括:申诉书、答辩书、法定代表人身份证明书、授权委托书、调查证据、勘验笔录、谈话笔录、开庭通知、仲裁建议书、仲裁决定书、仲裁调解书和仲裁裁决书、送达回执等。

副卷包括:立案审批表、调查提纲、阅卷笔录、汇报笔录、请示报告、上级批示、各种会议笔录、底稿、结案审批表等。

第五十四条 仲裁副卷除仲裁机构外,一律不准借调和查阅。

第五十五条 对仲裁结果不服,到法院起诉或申请执行的案件,法院可以借阅仲裁正卷。律师担任诉讼代理人的,凭证件可以就地查阅仲裁正卷。

第五十六条 案件当事人和与当事人有利害关系的单位及个人不得查阅仲裁案卷。

第五十七条 有关单位和个人如需摘抄正卷内材料的,需经仲裁委员会办事机构负责人批准。

第五十八条 为保证仲裁案卷的完整与安全,各级劳动仲裁委员会办事机构要建立严格的案卷借阅、查阅制度。对需要借出的案卷要明确规定借阅期限,如期归还。归还时要严格检查,确保案卷的完整。

第五十九条 仲裁调解和其他方式结案的案卷,保存期为五年;仲裁裁决结案的案卷,保存期为十年;不服仲裁起诉到法院的案卷,保存期为十五年。

第十章 仲 裁 费 用

第六十条 仲裁委员会受理劳动争议案件,应当按照《劳动合同鉴证和劳动争议仲裁收费管理办法》收取仲裁费。仲裁费分为案件受理费和案件处理费。

受理费标准按国家有关规定执行,由申诉人在仲裁委员会决定立案时预付。

处理费包括差旅费、勘验费、鉴定费、证人误工误餐费、文书表册印制费等。处理费由双方当事人在收到案件受理通知书和申诉书副本五日内预付。

第六十一条 案件经仲裁委员会调解达成协议的,仲裁费的负担由双方当事人协商解决。案件经仲裁委员会裁决的,仲裁费由败诉方承担。双方部分败诉的,由双方当事人承担。当事人撤诉的,全部费用由撤诉方承担。

仲裁委员会对职工当事人缴纳仲裁费确有困难的,可以减、缓、免。

第十一章 附 则

第六十二条 仲裁参加人及仲裁工作人员违反本规则,按《条例》第四章有关规定处理。

第六十三条 本规则由劳动部负责解释。

第六十四条 本规则自发布之日起实施。

劳动争议仲裁委员会组织规则

（1993年11月5日劳动部发布）

第一章　总　　则

第一条　为保证劳动争议仲裁委员会（以下简称仲裁委员会）正确行使仲裁权，公正、及时处理劳动争议案件，根据《中华人民共和国企业劳动争议处理条例》（以下简称《条例》）第四十条制定本规则。

第二条　仲裁委员会是国家授权，依法独立处理劳动争议案件的专门机构。

第三条　地方各级劳动行政主管部门的劳动争议处理机构为仲裁委员会的办事机构。

第四条　仲裁委员会处理劳动争议案件，实行仲裁员、仲裁庭制度。

第五条　未成立仲裁委员会的地方政府应按规定成立仲裁委员会。

第六条　地方各级仲裁委员会向同级人民政府负责并报告工作。

第二章 仲裁委员会及其办事机构

第七条 仲裁委员会由下列人员组成:

(一)劳动行政主管部门的代表;

(二)工会的代表;

(三)政府指定的经济综合管理部门的代表。

仲裁委员会组成人数必须是单数。

仲裁委员会的组成不符合规定的,由政府予以调整。

第八条 仲裁委员会设主任一人,副主任一至二人,委员若干人。

仲裁委员会委员由组成仲裁委员会的三方组织各自选派,主任由同级劳动行政主管部门的负责人担任,副主任由仲裁委员会委员协商产生。

第九条 仲裁委员会委员的确认或更换,须报同级人民政府批准。

仲裁委员会委员有特殊情况确需委托本组织其他人员出席仲裁委员会会议的,应有委托书。

仲裁委员会召开会议决定有关事项应有三分之二以上的委员参加。

第十条 地方仲裁委员会具有下列职责:

(一)负责处理本委员会管辖范围内的劳动争议案件;

(二)聘任专职和兼职仲裁员,并对仲裁员进行管理;

(三)领导和监督仲裁委员会办事机构和仲裁庭开展工作;

(四)总结并组织交流办案经验。

第十一条 地方各级仲裁委员会处理劳动争议的管辖范围,由省、自治区、直辖市人民政府依据《条例》确定。

第十二条 仲裁委员会办事机构在仲裁委员会领导下,负责劳动争议处理的日常工作,主要职责是:

(一)承办处理劳动争议案件的日常工作;

(二)根据仲裁委员会的授权,负责管理仲裁员,组织仲裁庭;

(三)管理仲裁委员会的文书、档案、印鉴;

(四)负责劳动争议及其处理方面的法律、法规及政策咨询;

(五)向仲裁委员会汇报、请示工作;

(六)办理仲裁委员会授权或交办的其他事项。

第三章 仲裁员与仲裁庭

第十三条 仲裁员包括专职仲裁员和兼职仲裁员。

第十四条 仲裁员资格经省级以上的劳动行政主管部门考核认定。取得仲裁员资格的方可在一个仲裁委员会担任专职或兼职仲裁员。

仲裁员资格证书和执行公务证书由国家统一监制。

第十五条 专职仲裁员由仲裁委员会从劳动行政主管部门专门从事劳动争议处理工作的人员中聘任。

兼职仲裁员由仲裁委员会从劳动行政主管部门或其他行政部门的人员、工会工作者、专家、学者和律师中聘任。

仲裁委员会成员均具有仲裁员资格,可由仲裁委员会聘为专职或兼职仲裁员。

第十六条　仲裁员应具备的基本条件：

（一）拥护党的路线、方针、政策，坚持四项基本原则；

（二）坚持原则，秉公执法，作风正派，勤政廉洁；

（三）具有一定的法律、劳动业务知识及分析、解决问题和独立办案的工作能力；

（四）从事劳动争议处理工作三年以上或从事与劳动争议处理工作有关的（劳动、人事、工会、法律等）工作五年以上，并经过专业培训；

（五）具有高中以上文化程度，身体健康，能坚持正常工作。

第十七条　兼职仲裁员与专职仲裁员在执行仲裁公务时享有同等权利。

兼职仲裁员进行仲裁活动时，应征得其所在单位同意，所在单位应当给予支持。

第十八条　仲裁员在执行仲裁公务期间，由仲裁委员会给予适当办案补助，补助标准由省、自治区、直辖市自行确定。

第十九条　仲裁员的主要职责：

（一）接受仲裁委员会办事机构交办的劳动争议案件，参加仲裁庭；

（二）进行调查取证，有权向当事人及有关单位、人员进行调阅文件、档案，询问证人、现场勘察、技术鉴定等与争议事实有关的调查；

（三）根据国家的有关法律、法规、规章及政策提出处理方案；

（四）对争议当事人双方进行调解工作，促使当事人达成和解协议；

（五）审查申诉人的撤诉请求；

（六）参加仲裁庭合议，对案件提出裁决意见；

（七）案件处理终结时，填报《结案审批表》；

（八）及时做好调解、仲裁的文书工作及案卷的整理归档工作；

（九）宣传劳动法律、法规、规章、政策；

（十）对案件涉及的秘密和个人隐私应当保密。

第二十条 仲裁庭在仲裁委员会领导下处理劳动争议案件，实行一案一庭制。

仲裁庭由一名首席仲裁员二名仲裁员组成。简单案件，仲裁委员会可以指定一名仲裁员独任处理。

第二十一条 仲裁庭的首席仲裁员由仲裁委员会负责人或授权其办事机构负责人指定，另两名仲裁员由仲裁委员会授权其办事机构负责人指定或由当事人各选一名，具体办法由省、自治区、直辖市自行确定。

第二十二条 仲裁庭的书记员由仲裁委员会办事机构指定，负责仲裁庭的记录工作，并承办与仲裁庭有关的具体事项。

第二十三条 仲裁庭组成不符合规定的，由仲裁委员会予以撤销，重新组成仲裁庭。

第四章 附 则

第二十四条 仲裁委员会的经费来源主要是仲裁费的

收缴及财政等方面的补贴。

仲裁委员会的经费应单独立账，专款专用。

第二十五条 仲裁委员会成员离任后，其资格自行消失；是仲裁员的，由仲裁委员会予以解聘。

专职仲裁员工作调动后，如本人愿意并具备条件的，保留仲裁员资格，可聘为兼职仲裁员。

已聘请的仲裁员，不能胜任工作的，仲裁委员会应予以解聘。

第二十六条 仲裁工作人员如有违反本规则的行为，由所在单位根据情节轻重给予批评教育、行政处分；是仲裁员的，仲裁委员会可予以解聘，有关部门可取消其仲裁员资格；构成犯罪的，由司法机关依法追究刑事责任。

第二十七条 本规则由劳动部负责解释。

第二十八条 本规则自颁发之日起施行。

企业劳动争议调解委员会组织及工作规则

（1993年11月5日劳动部发布）

第一章　总　　则

第一条　为保障企业劳动争议调解委员会（以下简称调解委员会）及时、有效地开展工作，妥善处理劳动争议，根据《中华人民共和国企业劳动争议处理条例》，制订本规则。

第二条　调解委员会是调解本企业劳动争议的组织。

调解委员会的工作接受企业所在地方工会（或行业工会）和地方劳动争议仲裁委员会（以下简称仲裁委员会）的指导。

第三条　调解委员会依法调解企业与职工之间发生的下列劳动争议：

（一）因企业开除、除名、辞退职工和职工辞职、自动离职发生的争议；

（二）因执行国家有关工资、社会保险、福利、培训、劳动保护的规定发生的争议；

（三）因履行劳动合同发生的争议；

（四）法律、法规规定应当调解的其他劳动争议。

第四条　调解委员会的职责：

（一）调解本企业内发生的劳动争议；

（二）检查督促争议双方当事人履行调解协议；

（三）对职工进行劳动法律、法规的宣传教育，做好劳动争议的预防工作。

第五条　调解委员会调解劳动争议应当遵循以下原则：

（一）当事人自愿申请，依据事实及时调解；

（二）对当事人在适用法律上一律平等；

（三）同当事人民主协商；

（四）尊重当事人申请仲裁和诉讼的权利。

第六条　企业调解委员会调解劳动争议未达成协议的，当事人可以自劳动争议发生之日起六个月内，向仲裁委员会申请仲裁。

第二章　调解组织

第七条　企业可以设立调解委员会。

设有分厂（或者分公司、分店）的企业，可以在总厂（总公司、总店）和分厂（分公司、分店）分别设立调解委员会。

第八条　调解委员会由下列人员组成：

（一）职工代表；

（二）企业代表；

（三）企业工会代表。

职工代表由职工代表大会（职〈员〉工大会，下同）推举产生；企业代表由企业法定代表人指定；企业工会代表由企业工会委员会指定。各方推举或指定的代表只能代表一方参加调解委员会。

调解委员会组成人员的具体人数由职工代表大会提出并与企业法定代表人协商确定。企业代表的人数不得超过调解委员会成员总数的三分之一。

没有成立工会组织的企业,调解委员会的设立及其组成由职工代表与企业代表协商决定。

第九条 调解委员会主任由企业工会代表担任。

调解委员会的办事机构设在企业工会。

第十条 调解委员会应建立必要的工作制度,做好调解的登记,档案管理和分析统计工作。

第十一条 调解委员会委员应当由具有一定劳动法律知识、政策水平和实际工作能力,办事公道、为人正派、密切联系群众的人员担任。

调解委员会委员调离本企业或需要调整时,应由原推选单位或组织按规定另行推举或指定。

调解委员会委员名单应报送地方总工会和地方仲裁委员会备案。

第十二条 兼职的调解委员参加调解活动,需要占用生产或工作时间,企业应予支持,并按正常出勤对待。

第十三条 企业应支持企业调解委员会的工作,并在物质上给予帮助。

调解委员会的活动经费由企业承担。

第三章 调解程序

第十四条 当事人申请调解,应当自知道或应当知道其权利被侵害之日起三十日内,以口头或书面形式向调解委员会提出申请,并填写《劳动争议调解申请书》。

第十五条 调解委员会接到调解申请后,应征询对方当事人的意见,对方当事人不愿调解的,应作好记录,在三日内以书面形式通知申请人。

调解委员会应在四日内作出受理或不受理申请的决定,对不受理的,应向申请人说明理由。

对调解委员会无法决定是否受理的案件,由调解委员会主任决定是否受理。

第十六条 发生劳动争议的职工一方在三人以上,并有共同申诉理由的,应当推举代表参加调解活动。

第十七条 调解委员会按下列程序进行调解:

(一)及时指派调解委员对争议事项进行全面调查核实,调查应作笔录,并由调查人签名或盖章;

(二)调解委员会主任主持召开有争议双方当事人参加的调解会议,有关单位和个人可以参加调解会议协助调解,简单的争议,可由调解委员会指定一至二名调解委员进行调解;

(三)调解委员会应听取双方当事人对争议事实和理由的陈述,在查明事实、分清是非的基础上,依照有关劳动法律、法规,以及依照法律、法规制定的企业规章和劳动合同,公正调解;

(四)经调解达成协议的,制作调解协议书,双方当事人应自觉履行,协议书应写明争议双方当事人的姓名(单位、法定代表人)、职务、争议事项、调解结果及其他应说明的事项,由调解委员会主任(简单争议由调解委员)以及双方当事人签名或盖章,并加盖调解委员会印章,调解协议书一式三份(争议双方当事人、调解委员会各一份);

(五)调解不成的,应作记录,并在调解意见书上说明情况,由调解委员会主任签名、盖章,并加盖调解委员会印章,调解意见书一式三份(争议双方当事人、调解委员会各一份)。

第十八条 调解委员会调解劳动争议,应当自当事人申请调解之日起三十日内结束。到期未结束的,视为调解不成。

第十九条 调解委员会成员有下列情形之一者,当事人有权以口头或书面形式申请,要求其回避:

(一)是劳动争议当事人或者当事人近亲属的;

(二)与劳动争议有利害关系的;

(三)与劳动争议当事人有其他关系,可能影响公正调解的。

调解委员会对回避申请应及时作出决定,并以口头或书面形式通知当事人。调解委员的回避由调解委员会主任决定;调解委员会主任的回避,由调解委员会集体研究决定。

第四章　附　　则

第二十条 劳动争议当事人应遵守调解纪律,维护调解秩序,不得激化矛盾。在调解过程中故意伤害调解委员的,按照《中华人民共和国治安管理处罚条例》的有关规定处理;情节严重构成犯罪的,由司法机关依法追究刑事责任。

第二十一条　本规则由劳动部负责解释。

第二十二条　本规则自颁发之日起施行。

中华人民共和国劳动法

（1994 年 7 月 5 日中华人民共和国主席令第 28 号公布
自 1995 年 1 月 1 日起施行）

目　　录

第一章 总 则

第一条 【立法目的】为了保护劳动者的合法权益,调整劳动关系,建立和维护适应社会主义市场经济的劳动制度,促进经济发展和社会进步,根据宪法,制定本法。

第二条 【适用范围】在中华人民共和国境内的企业、个体经济组织(以下统称用人单位)和与之形成劳动关系的劳动者,适用本法。

国家机关、事业组织、社会团体和与之建立劳动合同关系的劳动者,依照本法执行。

第三条 【劳动者权利】劳动者享有平等就业和选择职业的权利、取得劳动报酬的权利、休息休假的权利、获得劳动安全卫生保护的权利、接受职业技能培训的权利、享受社会保险和福利的权利、提请劳动争议处理的权利以及法律规定的其他劳动权利。

劳动者应当完成劳动任务,提高职业技能,执行劳动安全卫生规程,遵守劳动纪律和职业道德。

第四条 【用人单位义务】用人单位应当依法建立和完善规章制度,保障劳动者享有劳动权利和履行劳动义务。

第五条 【国家措施】国家采取各种措施,促进劳动就业,发展职业教育,制定劳动标准,调节社会收入,完善社会保险,协调劳动关系,逐步提高劳动者的生活水平。

第六条 【国家倡导和鼓励】国家提倡劳动者参加社会义务劳动,开展劳动竞赛和合理化建议活动,鼓励和保护劳动者进行科学研究、技术革新和发明创造,表彰和奖励劳动模范和先进工作者。

第七条 【参加和组织工会】劳动者有权依法参加和组织工会。

工会代表和维护劳动者的合法权益，依法独立自主地开展活动。

第八条 【参与民主管理或协商】劳动者依照法律规定，通过职工大会、职工代表大会或者其他形式，参与民主管理或者就保护劳动者合法权益与用人单位进行平等协商。

第九条 【劳动工作管理部门】国务院劳动行政部门主管全国劳动工作。

县级以上地方人民政府劳动行政部门主管本行政区域内的劳动工作。

第二章 促进就业

第十条 【国家扶持就业】国家通过促进经济和社会发展，创造就业条件，扩大就业机会。

国家鼓励企业、事业组织、社会团体在法律、行政法规规定的范围内兴办产业或者拓展经营，增加就业。

国家支持劳动者自愿组织起来就业和从事个体经营实现就业。

第十一条 【职介机构发展】地方各级人民政府应当采取措施，发展多种类型的职业介绍机构，提供就业服务。

第十二条 【就业平等】劳动者就业，不因民族、种族、性别、宗教信仰不同而受歧视。

第十三条 【就业男女平等】妇女享有与男子平等的就

业权利。在录用职工时,除国家规定的不适合妇女的工种或者岗位外,不得以性别为由拒绝录用妇女或者提高对妇女的录用标准。

第十四条　【特殊人员的就业】残疾人、少数民族人员、退出现役的军人的就业,法律、法规有特别规定的,从其规定。

第十五条　【禁招未成年人和特殊行业相关规定】禁止用人单位招用未满十六周岁的未成年人。

文艺、体育和特种工艺单位招用未满十六周岁的未成年人,必须依照国家有关规定,履行审批手续,并保障其接受义务教育的权利。

第三章　劳动合同和集体合同

第十六条　【劳动合同】劳动合同是劳动者与用人单位确立劳动关系、明确双方权利和义务的协议。

建立劳动关系应当订立劳动合同。

第十七条　【合同的订立和变更】订立和变更劳动合同,应当遵循平等自愿、协商一致的原则,不得违反法律、行政法规的规定。

劳动合同依法订立即具有法律约束力,当事人必须履行劳动合同规定的义务。

第十八条　【无效合同】下列劳动合同无效:

(一)违反法律、行政法规的劳动合同;

(二)采取欺诈、威胁等手段订立的劳动合同。

无效的劳动合同,从订立的时候起,就没有法律约束力。

确认劳动合同部分无效的,如果不影响其余部分的效力,其余部分仍然有效。

劳动合同的无效,由劳动争议仲裁委员会或者人民法院确认。

第十九条 【合同形式和条款】劳动合同应当以书面形式订立,并具备以下条款:

(一)劳动合同期限;

(二)工作内容;

(三)劳动保护和劳动条件;

(四)劳动报酬;

(五)劳动纪律;

(六)劳动合同终止的条件;

(七)违反劳动合同的责任。

劳动合同除前款规定的必备条款外,当事人可以协商约定其他内容。

第二十条 【合同期限】劳动合同的期限分为有固定期限、无固定期限和以完成一定的工作为期限。

劳动者在同一用人单位连续工作满十年以上,当事人双方同意续延劳动合同的,如果劳动者提出订立无固定期限的劳动合同,应当订立无固定期限的劳动合同。

第二十一条 【试用期约定】劳动合同可以约定试用期。试用期最长不得超过六个月。

第二十二条 【商业秘密事项约定】劳动合同当事人可以在劳动合同中约定保守用人单位商业秘密的有关事项。

第二十三条 【合同终止】劳动合同期满或者当事人约

定的劳动合同终止条件出现,劳动合同即行终止。

第二十四条　【合同解除】经劳动合同当事人协商一致,劳动合同可以解除。

第二十五条　【单位解除劳动合同事项】劳动者有下列情形之一的,用人单位可以解除劳动合同:

(一)在试用期间被证明不符合录用条件的;

(二)严重违反劳动纪律或者用人单位规章制度的;

(三)严重失职,营私舞弊,对用人单位利益造成重大损害的;

(四)被依法追究刑事责任的。

第二十六条　【解除合同提前通知】有下列情形之一的,用人单位可以解除劳动合同,但是应当提前三十日以书面形式通知劳动者本人:

(一)劳动者患病或者非因工负伤,医疗期满后,不能从事原工作也不能从事由用人单位另行安排的工作的;

(二)劳动者不能胜任工作,经过培训或者调整工作岗位,仍不能胜任工作的;

(三)劳动合同订立时所依据的客观情况发生重大变化,致使原劳动合同无法履行,经当事人协商不能就变更劳动合同达成协议的。

第二十七条　【用人单位裁员】用人单位濒临破产进行法定整顿期间或者生产经营状况发生严重困难,确需裁减人员的,应当提前三十日向工会或者全体职工说明情况,听取工会或者职工的意见,经向劳动行政部门报告后,可以裁减人员。

用人单位依据本条规定裁减人员，在六个月内录用人员的，应当优先录用被裁减的人员。

第二十八条 【经济补偿】用人单位依据本法第二十四条、第二十六条、第二十七条的规定解除劳动合同的，应当依照国家有关规定给予经济补偿。

第二十九条 【用人单位解除合同的限制情形】劳动者有下列情形之一的，用人单位不得依据本法第二十六条、第二十七条的规定解除劳动合同：

（一）患职业病或者因工负伤并被确认丧失或者部分丧失劳动能力的；

（二）患病或者负伤，在规定的医疗期内的；

（三）女职工在孕期、产期、哺乳期内的；

（四）法律、行政法规规定的其他情形。

第三十条 【工会职权】用人单位解除劳动合同，工会认为不适当的，有权提出意见。如果用人单位违反法律、法规或者劳动合同，工会有权要求重新处理；劳动者申请仲裁或者提起诉讼的，工会应当依法给予支持和帮助。

第三十一条 【劳动者解除合同的提前通知期限】劳动者解除劳动合同，应当提前三十日以书面形式通知用人单位。

第三十二条 【劳动者随时通知解除合同情形】有下列情形之一的，劳动者可以随时通知用人单位解除劳动合同：

（一）在试用期内的；

（二）用人单位以暴力、威胁或者非法限制人身自由的手段强迫劳动的；

（三）用人单位未按照劳动合同约定支付劳动报酬或者提供劳动条件的。

第三十三条　【集体合同】企业职工一方与企业可以就劳动报酬、工作时间、休息休假、劳动安全卫生、保险福利等事项，签订集体合同。集体合同草案应当提交职工代表大会或者全体职工讨论通过。

集体合同由工会代表职工与企业签订；没有建立工会的企业，由职工推举的代表与企业签订。

第三十四条　【集体合同生效】集体合同签订后应当报送劳动行政部门；劳动行政部门自收到集体合同文本之日起十五日内未提出异议的，集体合同即行生效。

第三十五条　【集体合同效力】依法签订的集体合同对企业和企业全体职工具有约束力。职工个人与企业订立的劳动合同中劳动条件和劳动报酬等标准不得低于集体合同的规定。

第四章　工作时间和休息休假

第三十六条　【国家工时制度】国家实行劳动者每日工作时间不超过八小时、平均每周工作时间不超过四十四小时的工时制度。

第三十七条　【报酬标准和劳动定额确定】对实行计件工作的劳动者，用人单位应当根据本法第三十六条规定的工时制度合理确定其劳动定额和计件报酬标准。

第三十八条　【休息日最低保障】用人单位应当保证劳动者每周至少休息一日。

第三十九条　【工休办法替代】企业因生产特点不能实行本法第三十六条、第三十八条规定的，经劳动行政部门批准，可以实行其他工作和休息办法。

第四十条　【法定假日】用人单位在下列节日期间应当依法安排劳动者休假：

（一）元旦；

（二）春节；

（三）国际劳动节；

（四）国庆节；

（五）法律、法规规定的其他休假节日。

第四十一条　【工作时间延长限制】用人单位由于生产经营需要，经与工会和劳动者协商后可以延长工作时间，一般每日不得超过一小时；因特殊原因需要延长工作时间的，在保障劳动者身体健康的条件下延长工作时间每日不得超过三小时，但是每月不得超过三十六小时。

第四十二条　【限制的例外】有下列情形之一的，延长工作时间不受本法第四十一条规定的限制：

（一）发生自然灾害、事故或者因其他原因，威胁劳动者生命健康和财产安全，需要紧急处理的；

（二）生产设备、交通运输线路、公共设施发生故障，影响生产和公众利益，必须及时抢修的；

（三）法律、行政法规规定的其他情形。

第四十三条　【禁止违法延长工作时间】用人单位不得违反本法规定延长劳动者的工作时间。

第四十四条　【延长工时的报酬支付】有下列情形之一

的，用人单位应当按照下列标准支付高于劳动者正常工作时间工资的工资报酬：

（一）安排劳动者延长工作时间的，支付不低于工资的百分之一百五十的工资报酬；

（二）休息日安排劳动者工作又不能安排补休的，支付不低于工资的百分之二百的工资报酬；

（三）法定休假日安排劳动者工作的，支付不低于工资的百分之三百的工资报酬。

第四十五条 【带薪年休假制度】国家实行带薪年休假制度。

劳动者连续工作一年以上的，享受带薪年休假。具体办法由国务院规定。

第五章 工 资

第四十六条 【工资分配原则】工资分配应当遵循按劳分配原则，实行同工同酬。

工资水平在经济发展的基础上逐步提高。国家对工资总量实行宏观调控。

第四十七条 【工资分配方式、水平确定】用人单位根据本单位的生产经营特点和经济效益，依法自主确定本单位的工资分配方式和工资水平。

第四十八条 【最低工资保障】国家实行最低工资保障制度。最低工资的具体标准由省、自治区、直辖市人民政府规定，报国务院备案。

用人单位支付劳动者的工资不得低于当地最低工资

标准。

第四十九条　【最低工资标准参考因素】确定和调整最低工资标准应当综合参考下列因素：

（一）劳动者本人及平均赡养人口的最低生活费用；

（二）社会平均工资水平；

（三）劳动生产率；

（四）就业状况；

（五）地区之间经济发展水平的差异。

第五十条　【工资支付形式】工资应当以货币形式按月支付给劳动者本人。不得克扣或者无故拖欠劳动者的工资。

第五十一条　【法定休假日和婚丧假期间工资保障】劳动者在法定休假日和婚丧假期间以及依法参加社会活动期间，用人单位应当依法支付工资。

第六章　劳动安全卫生

第五十二条　【用人单位职责】用人单位必须建立、健全劳动安全卫生制度，严格执行国家劳动安全卫生规程和标准，对劳动者进行劳动安全卫生教育，防止劳动过程中的事故，减少职业危害。

第五十三条　【劳动安全卫生设施标准】劳动安全卫生设施必须符合国家规定的标准。

新建、改建、扩建工程的劳动安全卫生设施必须与主体工程同时设计、同时施工、同时投入生产和使用。

第五十四条　【劳动者劳动安全防护及健康保护】用人单位必须为劳动者提供符合国家规定的劳动安全卫生条件

和必要的劳动防护用品,对从事有职业危害作业的劳动者应当定期进行健康检查。

第五十五条　【特种作业资格】从事特种作业的劳动者必须经过专门培训并取得特种作业资格。

第五十六条　【劳动过程安全防护】劳动者在劳动过程中必须严格遵守安全操作规程。

劳动者对用人单位管理人员违章指挥、强令冒险作业,有权拒绝执行;对危害生命安全和身体健康的行为,有权提出批评、检举和控告。

第五十七条　【伤亡事故和职业病统计报告、处理制度】国家建立伤亡事故和职业病统计报告和处理制度。县级以上各级人民政府劳动行政部门、有关部门和用人单位应当依法对劳动者在劳动过程中发生的伤亡事故和劳动者的职业病状况,进行统计、报告和处理。

第七章　女职工和未成年工特殊保护

第五十八条　【女职工和未成年工特殊劳动保护】国家对女职工和未成年工实行特殊劳动保护。

未成年工是指年满十六周岁未满十八周岁的劳动者。

第五十九条　【劳动强度限制】禁止安排女职工从事矿山井下、国家规定的第四级体力劳动强度的劳动和其他禁忌从事的劳动。

第六十条　【经期劳动强度限制】不得安排女职工在经期从事高处、低温、冷水作业和国家规定的第三级体力劳动强度的劳动。

第六十一条 【孕期劳动强度限制】不得安排女职工在怀孕期间从事国家规定的第三级体力劳动强度的劳动和孕期禁忌从事的劳动。对怀孕七个月以上的女职工,不得安排其延长工作时间和夜班劳动。

第六十二条 【产假】女职工生育享受不少于九十天的产假。

第六十三条 【哺乳期劳动保护】不得安排女职工在哺乳未满一周岁的婴儿期间从事国家规定的第三级体力劳动强度的劳动和哺乳期禁忌从事的其他劳动,不得安排其延长工作时间和夜班劳动。

第六十四条 【未成年工劳动保护】不得安排未成年工从事矿山井下、有毒有害、国家规定的第四级体力劳动强度的劳动和其他禁忌从事的劳动。

第六十五条 【未成年工健康检查】用人单位应当对未成年工定期进行健康检查。

第八章 职 业 培 训

第六十六条 【发展目标】国家通过各种途径,采取各种措施,发展职业培训事业,开发劳动者的职业技能,提高劳动者素质,增强劳动者的就业能力和工作能力。

第六十七条 【政府支持】各级人民政府应当把发展职业培训纳入社会经济发展的规划,鼓励和支持有条件的企业、事业组织、社会团体和个人进行各种形式的职业培训。

第六十八条 【职业培训】用人单位应当建立职业培训制度,按照国家规定提取和使用职业培训经费,根据本单位实际,有计划地对劳动者进行职业培训。

从事技术工种的劳动者,上岗前必须经过培训。

第六十九条 【职业技能资格】国家确定职业分类,对规定的职业制定职业技能标准,实行职业资格证书制度,由经过政府批准的考核鉴定机构负责对劳动者实施职业技能考核鉴定。

第九章 社会保险和福利

第七十条 【发展目标】国家发展社会保险事业,建立社会保险制度,设立社会保险基金,使劳动者在年老、患病、工伤、失业、生育等情况下获得帮助和补偿。

第七十一条 【协商发展】社会保险水平应当与社会经济发展水平和社会承受能力相适应。

第七十二条 【基金来源】社会保险基金按照保险类型确定资金来源,逐步实行社会统筹。用人单位和劳动者必须依法参加社会保险,缴纳社会保险费。

第七十三条 【享受社保情形】劳动者在下列情形下,依法享受社会保险待遇:

(一)退休;

(二)患病、负伤;

(三)因工伤残或者患职业病;

(四)失业;

(五)生育。

劳动者死亡后,其遗属依法享受遗属津贴。

劳动者享受社会保险待遇的条件和标准由法律、法规规定。

劳动者享受的社会保险金必须按时足额支付。

第七十四条　【社保基金管理】社会保险基金经办机构依照法律规定收支、管理和运营社会保险基金，并负有使社会保险基金保值增值的责任。

社会保险基金监督机构依照法律规定，对社会保险基金的收支、管理和运营实施监督。

社会保险基金经办机构和社会保险基金监督机构的设立和职能由法律规定。

任何组织和个人不得挪用社会保险基金。

第七十五条　【补充保险和个人储蓄保险】国家鼓励用人单位根据本单位实际情况为劳动者建立补充保险。

国家提倡劳动者个人进行储蓄性保险。

第七十六条　【国家和用人单位的发展福利事业责任】国家发展社会福利事业，兴建公共福利设施，为劳动者休息、休养和疗养提供条件。

用人单位应当创造条件，改善集体福利，提高劳动者的福利待遇。

第十章　劳动争议

第七十七条　【劳动争议处理】用人单位与劳动者发生劳动争议，当事人可以依法申请调解、仲裁、提起诉讼，也可以协商解决。

调解原则适用于仲裁和诉讼程序。

第七十八条　【解决争议的原则】解决劳动争议，应当根据合法、公正、及时处理的原则，依法维护劳动争议当事人的合法权益。

第七十九条 【调解和仲裁】劳动争议发生后，当事人可以向本单位劳动争议调解委员会申请调解；调解不成，当事人一方要求仲裁的，可以向劳动争议仲裁委员会申请仲裁。当事人一方也可以直接向劳动争议仲裁委员会申请仲裁。对仲裁裁决不服的，可以向人民法院提起诉讼。

第八十条 【劳动争议调委会及调解协议】在用人单位内，可以设立劳动争议调解委员会。劳动争议调解委员会由职工代表、用人单位代表和工会代表组成。劳动争议调解委员会主任由工会代表担任。

劳动争议经调解达成协议的，当事人应当履行。

第八十一条 【仲裁委员会组成】劳动争议仲裁委员会由劳动行政部门代表、同级工会代表、用人单位方面的代表组成。劳动争议仲裁委员会主任由劳动行政部门代表担任。

第八十二条 【仲裁期日】提出仲裁要求的一方应当自劳动争议发生之日起六十日内向劳动争议仲裁委员会提出书面申请。仲裁裁决一般应在收到仲裁申请的六十日内作出。对仲裁裁决无异议的，当事人必须履行。

第八十三条 【起诉和强制执行】劳动争议当事人对仲裁裁决不服的，可以自收到仲裁裁决书之日起十五日内向人民法院提起诉讼。一方当事人在法定期限内不起诉又不履行仲裁裁决的，另一方当事人可以申请人民法院强制执行。

第八十四条 【集体合同争议处理】因签订集体合同发生争议，当事人协商解决不成的，当地人民政府劳动行政部门可以组织有关各方协调处理。

因履行集体合同发生争议，当事人协商解决不成的，可以向劳动争议仲裁委员会申请仲裁；对仲裁裁决不服的，可以自收到仲裁裁决书之日起十五日内向人民法院提起诉讼。

第十一章　监督检查

第八十五条　【劳动行政部门监督检查】县级以上各级人民政府劳动行政部门依法对用人单位遵守劳动法律、法规的情况进行监督检查，对违反劳动法律、法规的行为有权制止，并责令改正。

第八十六条　【公务检查】县级以上各级人民政府劳动行政部门监督检查人员执行公务，有权进入用人单位了解执行劳动法律、法规的情况，查阅必要的资料，并对劳动场所进行检查。

县级以上各级人民政府劳动行政部门监督检查人员执行公务，必须出示证件，秉公执法并遵守有关规定。

第八十七条　【政府监督】县级以上各级人民政府有关部门在各自职责范围内，对用人单位遵守劳动法律、法规的情况进行监督。

第八十八条　【工会监督和组织、个人检举控告】各级工会依法维护劳动者的合法权益，对用人单位遵守劳动法律、法规的情况进行监督。

任何组织和个人对于违反劳动法律、法规的行为有权检举和控告。

第十二章　法律责任

第八十九条　【对劳动规章违法的处罚】用人单位制定的劳动规章制度违反法律、法规规定的，由劳动行政部门给予警告，责令改正；对劳动者造成损害的，应当承担赔偿责任。

第九十条　【违法延长工时处罚】用人单位违反本法规定，延长劳动者工作时间的，由劳动行政部门给予警告，责令改正，并可以处以罚款。

第九十一条　【用人单位侵权处理】用人单位有下列侵害劳动者合法权益情形之一的，由劳动行政部门责令支付劳动者的工资报酬、经济补偿，并可以责令支付赔偿金：

（一）克扣或者无故拖欠劳动者工资的；

（二）拒不支付劳动者延长工作时间工资报酬的；

（三）低于当地最低工资标准支付劳动者工资的；

（四）解除劳动合同后，未依照本法规定给予劳动者经济补偿的。

第九十二条　【用人单位违反劳保规定的处罚】用人单位的劳动安全设施和劳动卫生条件不符合国家规定或者未向劳动者提供必要的劳动防护用品和劳动保护设施的，由劳动行政部门或者有关部门责令改正，可以处以罚款；情节严重的，提请县级以上人民政府决定责令停产整顿；对事故隐患不采取措施，致使发生重大事故，造成劳动者生命和财产损失的，对责任人员比照刑法第一百八十七条的规定追究刑事责任。

第九十三条　【违章事故处罚】用人单位强令劳动者违章冒险作业，发生重大伤亡事故，造成严重后果的，对责任人员依法追究刑事责任。

第九十四条　【非法招用未成年工处罚】用人单位非法招用未满十六周岁的未成年人的，由劳动行政部门责令改正，处以罚款；情节严重的，由工商行政管理部门吊销营业执照。

第九十五条　【侵害女工和未成年工合法权益的处罚】用人单位违反本法对女职工和未成年工的保护规定，侵害其合法权益的，由劳动行政部门责令改正，处以罚款；对女职工或者未成年工造成损害的，应当承担赔偿责任。

第九十六条　【人身侵权处罚】用人单位有下列行为之一，由公安机关对责任人员处以十五日以下拘留、罚款或者警告；构成犯罪的，对责任人员依法追究刑事责任：

（一）以暴力、威胁或者非法限制人身自由的手段强迫劳动的；

（二）侮辱、体罚、殴打、非法搜查和拘禁劳动者的。

第九十七条　【无效合同损害责任】由于用人单位的原因订立的无效合同，对劳动者造成损害的，应当承担赔偿责任。

第九十八条　【违法解除和拖延订立合同损害赔偿】用人单位违反本法规定的条件解除劳动合同或者故意拖延不订立劳动合同的，由劳动行政部门责令改正；对劳动者造成损害的，应当承担赔偿责任。

第九十九条　【招用未解除合同者损害赔偿】用人单位招用尚未解除劳动合同的劳动者，对原用人单位造成经济损失的，该用人单位应当依法承担连带赔偿责任。

第一百条　【不缴纳保险费处理】用人单位无故不缴纳社会保险费的，由劳动行政部门责令其限期缴纳；逾期不缴的，可以加收滞纳金。

第一百零一条　【妨碍检查公务处罚】用人单位无理阻挠劳动行政部门、有关部门及其工作人员行使监督检查权，打击报复举报人员的，由劳动行政部门或者有关部门处以罚款；构成犯罪的，对责任人员依法追究刑事责任。

第一百零二条　【违法解除合同和违反保密事项损害赔偿】劳动者违反本法规定的条件解除劳动合同或者违反劳动合同中约定的保密事项，对用人单位造成经济损失的，应当依法承担赔偿责任。

第一百零三条　【渎职处罚】劳动行政部门或者有关部门的工作人员滥用职权、玩忽职守、徇私舞弊，构成犯罪的，依法追究刑事责任；不构成犯罪的，给予行政处分。

第一百零四条　【挪用社保基金处罚】国家工作人员和社会保险基金经办机构的工作人员挪用社会保险基金构成犯罪的，依法追究刑事责任。

第一百零五条　【处罚竞合处理】违反本法规定侵害劳动者合法权益，其他法律、行政法规已规定处罚的，依照该法律、行政法规的规定处罚。

第十三章　附　　则

第一百零六条　【实施步骤制定】省、自治区、直辖市人民政府根据本法和本地区的实际情况，规定劳动合同制度的实施步骤，报国务院备案。

第一百零七条　【生效日期】本法自 1995 年 1 月 1 日起施行。

中华人民共和国劳动合同法

（2007 年 6 月 29 日中华人民共和国主席令第 65 号公布
自 2008 年 1 月 1 日起施行）

目　录

第一章　总　　则

第一条　【立法宗旨】为了完善劳动合同制度，明确劳动合同双方当事人的权利和义务，保护劳动者的合法权益，构建和发展和谐稳定的劳动关系,制定本法。

第二条　【适用范围】中华人民共和国境内的企业、个体经济组织、民办非企业单位等组织(以下称用人单位)与劳动者建立劳动关系,订立、履行、变更、解除或者终止劳动合同,适用本法。

国家机关、事业单位、社会团体和与其建立劳动关系的劳动者,订立、履行、变更、解除或者终止劳动合同,依照本法执行。

第三条　【基本原则】订立劳动合同,应当遵循合法、公平、平等自愿、协商一致、诚实信用的原则。

依法订立的劳动合同具有约束力,用人单位与劳动者应当履行劳动合同约定的义务。

第四条　【规章制度】用人单位应当依法建立和完善劳动规章制度,保障劳动者享有劳动权利、履行劳动义务。

用人单位在制定、修改或者决定有关劳动报酬、工作时间、休息休假、劳动安全卫生、保险福利、职工培训、劳动纪律以及劳动定额管理等直接涉及劳动者切身利益的规章制度或者重大事项时,应当经职工代表大会或者全体职工讨论,提出方案和意见,与工会或者职工代表平等协商确定。

在规章制度和重大事项决定实施过程中,工会或者职工认为不适当的,有权向用人单位提出,通过协商予以修改完善。

用人单位应当将直接涉及劳动者切身利益的规章制度和重大事项决定公示,或者告知劳动者。

第五条　【协调劳动关系三方机制】县级以上人民政府

劳动行政部门会同工会和企业方面代表，建立健全协调劳动关系三方机制，共同研究解决有关劳动关系的重大问题。

第六条　【集体协商机制】工会应当帮助、指导劳动者与用人单位依法订立和履行劳动合同，并与用人单位建立集体协商机制，维护劳动者的合法权益。

第二章　劳动合同的订立

第七条　【劳动关系的建立】用人单位自用工之日起即与劳动者建立劳动关系。用人单位应当建立职工名册备查。

第八条　【用人单位的告知义务和劳动者的说明义务】用人单位招用劳动者时，应当如实告知劳动者工作内容、工作条件、工作地点、职业危害、安全生产状况、劳动报酬，以及劳动者要求了解的其他情况；用人单位有权了解劳动者与劳动合同直接相关的基本情况，劳动者应当如实说明。

第九条　【用人单位不得扣押劳动者证件和要求提供担保】用人单位招用劳动者，不得扣押劳动者的居民身份证和其他证件，不得要求劳动者提供担保或者以其他名义向劳动者收取财物。

第十条　【订立书面劳动合同】建立劳动关系，应当订立书面劳动合同。

已建立劳动关系，未同时订立书面劳动合同的，应当自用工之日起一个月内订立书面劳动合同。

用人单位与劳动者在用工前订立劳动合同的，劳动关系自用工之日起建立。

第十一条　【未订立书面劳动合同时劳动报酬不明确的

解决】用人单位未在用工的同时订立书面劳动合同，与劳动者约定的劳动报酬不明确的，新招用的劳动者的劳动报酬按照集体合同规定的标准执行；没有集体合同或者集体合同未规定的，实行同工同酬。

第十二条　【劳动合同的种类】劳动合同分为固定期限劳动合同、无固定期限劳动合同和以完成一定工作任务为期限的劳动合同。

第十三条　【固定期限劳动合同】固定期限劳动合同，是指用人单位与劳动者约定合同终止时间的劳动合同。

用人单位与劳动者协商一致，可以订立固定期限劳动合同。

第十四条　【无固定期限劳动合同】无固定期限劳动合同，是指用人单位与劳动者约定无确定终止时间的劳动合同。

用人单位与劳动者协商一致，可以订立无固定期限劳动合同。有下列情形之一，劳动者提出或者同意续订、订立劳动合同的，除劳动者提出订立固定期限劳动合同外，应当订立无固定期限劳动合同：

（一）劳动者在该用人单位连续工作满十年的；

（二）用人单位初次实行劳动合同制度或者国有企业改制重新订立劳动合同时，劳动者在该用人单位连续工作满十年且距法定退休年龄不足十年的；

（三）连续订立二次固定期限劳动合同，且劳动者没有本法第三十九条和第四十条第一项、第二项规定的情形，续订劳动合同的。

用人单位自用工之日起满一年不与劳动者订立书面劳动合同的,视为用人单位与劳动者已订立无固定期限劳动合同。

第十五条 【以完成一定工作任务为期限的劳动合同】以完成一定工作任务为期限的劳动合同,是指用人单位与劳动者约定以某项工作的完成为合同期限的劳动合同。

用人单位与劳动者协商一致,可以订立以完成一定工作任务为期限的劳动合同。

第十六条 【劳动合同的生效】劳动合同由用人单位与劳动者协商一致,并经用人单位与劳动者在劳动合同文本上签字或者盖章生效。

劳动合同文本由用人单位和劳动者各执一份。

第十七条 【劳动合同的内容】劳动合同应当具备以下条款:

(一)用人单位的名称、住所和法定代表人或者主要负责人;

(二)劳动者的姓名、住址和居民身份证或者其他有效身份证件号码;

(三)劳动合同期限;

(四)工作内容和工作地点;

(五)工作时间和休息休假;

(六)劳动报酬;

(七)社会保险;

(八)劳动保护、劳动条件和职业危害防护;

(九)法律、法规规定应当纳入劳动合同的其他事项。

劳动合同除前款规定的必备条款外，用人单位与劳动者可以约定试用期、培训、保守秘密、补充保险和福利待遇等其他事项。

第十八条 【劳动合同对劳动报酬和劳动条件约定不明确的解决】劳动合同对劳动报酬和劳动条件等标准约定不明确，引发争议的，用人单位与劳动者可以重新协商；协商不成的，适用集体合同规定；没有集体合同或者集体合同未规定劳动报酬的，实行同工同酬；没有集体合同或者集体合同未规定劳动条件等标准的，适用国家有关规定。

第十九条 【试用期】劳动合同期限三个月以上不满一年的，试用期不得超过一个月；劳动合同期限一年以上不满三年的，试用期不得超过二个月；三年以上固定期限和无固定期限的劳动合同，试用期不得超过六个月。

同一用人单位与同一劳动者只能约定一次试用期。

以完成一定工作任务为期限的劳动合同或者劳动合同期限不满三个月的，不得约定试用期。

试用期包含在劳动合同期限内。劳动合同仅约定试用期的，试用期不成立，该期限为劳动合同期限。

第二十条 【试用期工资】劳动者在试用期的工资不得低于本单位相同岗位最低档工资或者劳动合同约定工资的百分之八十，并不得低于用人单位所在地的最低工资标准。

第二十一条 【试用期内解除劳动合同】在试用期中，除劳动者有本法第三十九条和第四十条第一项、第二项规定的情形外，用人单位不得解除劳动合同。用人单位在试用期解除劳动合同的，应当向劳动者说明理由。

第二十二条　【服务期】用人单位为劳动者提供专项培训费用，对其进行专业技术培训的，可以与该劳动者订立协议，约定服务期。

劳动者违反服务期约定的，应当按照约定向用人单位支付违约金。违约金的数额不得超过用人单位提供的培训费用。用人单位要求劳动者支付的违约金不得超过服务期尚未履行部分所应分摊的培训费用。

用人单位与劳动者约定服务期的，不影响按照正常的工资调整机制提高劳动者在服务期期间的劳动报酬。

第二十三条　【保密义务和竞业限制】用人单位与劳动者可以在劳动合同中约定保守用人单位的商业秘密和与知识产权相关的保密事项。

对负有保密义务的劳动者，用人单位可以在劳动合同或者保密协议中与劳动者约定竞业限制条款，并约定在解除或者终止劳动合同后，在竞业限制期限内按月给予劳动者经济补偿。劳动者违反竞业限制约定的，应当按照约定向用人单位支付违约金。

第二十四条　【竞业限制的范围和期限】竞业限制的人员限于用人单位的高级管理人员、高级技术人员和其他负有保密义务的人员。竞业限制的范围、地域、期限由用人单位与劳动者约定，竞业限制的约定不得违反法律、法规的规定。

在解除或者终止劳动合同后，前款规定的人员到与本单位生产或者经营同类产品、从事同类业务的有竞争关系的其他用人单位，或者自己开业生产或者经营同类产品、从事同类业务的竞业限制期限，不得超过二年。

第二十五条　【违约金】除本法第二十二条和第二十三条规定的情形外,用人单位不得与劳动者约定由劳动者承担违约金。

第二十六条　【劳动合同的无效】下列劳动合同无效或者部分无效:

(一)以欺诈、胁迫的手段或者乘人之危,使对方在违背真实意思的情况下订立或者变更劳动合同的;

(二)用人单位免除自己的法定责任、排除劳动者权利的;

(三)违反法律、行政法规强制性规定的。

对劳动合同的无效或者部分无效有争议的,由劳动争议仲裁机构或者人民法院确认。

第二十七条　【劳动合同部分无效】劳动合同部分无效,不影响其他部分效力的,其他部分仍然有效。

第二十八条　【劳动合同无效后劳动报酬的支付】劳动合同被确认无效,劳动者已付出劳动的,用人单位应当向劳动者支付劳动报酬。劳动报酬的数额,参照本单位相同或者相近岗位劳动者的劳动报酬确定。

第三章　劳动合同的履行和变更

第二十九条　【劳动合同的履行】用人单位与劳动者应当按照劳动合同的约定,全面履行各自的义务。

第三十条　【劳动报酬】用人单位应当按照劳动合同约定和国家规定,向劳动者及时足额支付劳动报酬。

用人单位拖欠或者未足额支付劳动报酬的,劳动者可以依法向当地人民法院申请支付令,人民法院应当依法发出支付令。

第三十一条 【加班】用人单位应当严格执行劳动定额标准,不得强迫或者变相强迫劳动者加班。用人单位安排加班的,应当按照国家有关规定向劳动者支付加班费。

第三十二条 【劳动者拒绝违章指挥、强令冒险作业】劳动者拒绝用人单位管理人员违章指挥、强令冒险作业的,不视为违反劳动合同。

劳动者对危害生命安全和身体健康的劳动条件,有权对用人单位提出批评、检举和控告。

第三十三条 【用人单位名称、法定代表人等的变更】用人单位变更名称、法定代表人、主要负责人或者投资人等事项,不影响劳动合同的履行。

第三十四条 【用人单位合并或者分立】用人单位发生合并或者分立等情况,原劳动合同继续有效,劳动合同由承继其权利和义务的用人单位继续履行。

第三十五条 【劳动合同的变更】用人单位与劳动者协商一致,可以变更劳动合同约定的内容。变更劳动合同,应当采用书面形式。

变更后的劳动合同文本由用人单位和劳动者各执一份。

第四章 劳动合同的解除和终止

第三十六条 【协商解除劳动合同】用人单位与劳动者协商一致,可以解除劳动合同。

第三十七条 【劳动者提前通知解除劳动合同】劳动者

提前三十日以书面形式通知用人单位,可以解除劳动合同。劳动者在试用期内提前三日通知用人单位,可以解除劳动合同。

第三十八条 【劳动者解除劳动合同】用人单位有下列情形之一的,劳动者可以解除劳动合同:

(一)未按照劳动合同约定提供劳动保护或者劳动条件的;

(二)未及时足额支付劳动报酬的;

(三)未依法为劳动者缴纳社会保险费的;

(四)用人单位的规章制度违反法律、法规的规定,损害劳动者权益的;

(五)因本法第二十六条第一款规定的情形致使劳动合同无效的;

(六)法律、行政法规规定劳动者可以解除劳动合同的其他情形。

用人单位以暴力、威胁或者非法限制人身自由的手段强迫劳动者劳动的,或者用人单位违章指挥、强令冒险作业危及劳动者人身安全的,劳动者可以立即解除劳动合同,不需事先告知用人单位。

第三十九条 【用人单位单方解除劳动合同】劳动者有下列情形之一的,用人单位可以解除劳动合同:

(一)在试用期间被证明不符合录用条件的;

(二)严重违反用人单位的规章制度的;

(三)严重失职,营私舞弊,给用人单位造成重大损害的;

(四)劳动者同时与其他用人单位建立劳动关系,对完成本单位的工作任务造成严重影响，或者经用人单位提出，拒不改正的；

（五）因本法第二十六条第一款第一项规定的情形致使劳动合同无效的；

（六）被依法追究刑事责任的。

第四十条 【无过失性辞退】有下列情形之一的，用人单位提前三十日以书面形式通知劳动者本人或者额外支付劳动者一个月工资后，可以解除劳动合同：

（一）劳动者患病或者非因工负伤，在规定的医疗期满后不能从事原工作，也不能从事由用人单位另行安排的工作的；

（二）劳动者不能胜任工作，经过培训或者调整工作岗位，仍不能胜任工作的；

（三）劳动合同订立时所依据的客观情况发生重大变化，致使劳动合同无法履行，经用人单位与劳动者协商，未能就变更劳动合同内容达成协议的。

第四十一条 【经济性裁员】有下列情形之一，需要裁减人员二十人以上或者裁减不足二十人但占企业职工总数百分之十以上的，用人单位提前三十日向工会或者全体职工说明情况，听取工会或者职工的意见后，裁减人员方案经向劳动行政部门报告，可以裁减人员：

（一）依照企业破产法规定进行重整的；

（二）生产经营发生严重困难的；

（三）企业转产、重大技术革新或者经营方式调整，经变更劳动合同后，仍需裁减人员的；

（四）其他因劳动合同订立时所依据的客观经济情况发生重大变化，致使劳动合同无法履行的。

裁减人员时，应当优先留用下列人员：

（一）与本单位订立较长期限的固定期限劳动合同的；

（二）与本单位订立无固定期限劳动合同的；

（三）家庭无其他就业人员，有需要扶养的老人或者未成年人的。

用人单位依照本条第一款规定裁减人员，在六个月内重新招用人员的，应当通知被裁减的人员，并在同等条件下优先招用被裁减的人员。

第四十二条 【用人单位不得解除劳动合同的情形】劳动者有下列情形之一的，用人单位不得依照本法第四十条、第四十一条的规定解除劳动合同：

（一）从事接触职业病危害作业的劳动者未进行离岗前职业健康检查，或者疑似职业病病人在诊断或者医学观察期间的；

（二）在本单位患职业病或者因工负伤并被确认丧失或者部分丧失劳动能力的；

（三）患病或者非因工负伤，在规定的医疗期内的；

（四）女职工在孕期、产期、哺乳期的；

（五）在本单位连续工作满十五年，且距法定退休年龄不足五年的；

（六）法律、行政法规规定的其他情形。

第四十三条 【工会在劳动合同解除中的监督作用】用人单位单方解除劳动合同，应当事先将理由通知工会。用人单位违反法律、行政法规规定或者劳动合同约定的，工会有权要求用人单位纠正。用人单位应当研究工会的意见，并将处理结果书面通知工会。

第四十四条　【劳动合同的终止】有下列情形之一的，劳动合同终止：

（一）劳动合同期满的；

（二）劳动者开始依法享受基本养老保险待遇的；

（三）劳动者死亡，或者被人民法院宣告死亡或者宣告失踪的；

（四）用人单位被依法宣告破产的；

（五）用人单位被吊销营业执照、责令关闭、撤销或者用人单位决定提前解散的；

（六）法律、行政法规规定的其他情形。

第四十五条　【劳动合同的逾期终止】劳动合同期满，有本法第四十二条规定情形之一的，劳动合同应当续延至相应的情形消失时终止。但是，本法第四十二条第二项规定丧失或者部分丧失劳动能力劳动者的劳动合同的终止，按照国家有关工伤保险的规定执行。

第四十六条　【经济补偿】有下列情形之一的，用人单位应当向劳动者支付经济补偿：

（一）劳动者依照本法第三十八条规定解除劳动合同的；

（二）用人单位依照本法第三十六条规定向劳动者提出解除劳动合同并与劳动者协商一致解除劳动合同的；

（三）用人单位依照本法第四十条规定解除劳动合同的；

（四）用人单位依照本法第四十一条第一款规定解除劳

动合同的；

（五）除用人单位维持或者提高劳动合同约定条件续订劳动合同，劳动者不同意续订的情形外，依照本法第四十四条第一项规定终止固定期限劳动合同的；

（六）依照本法第四十四条第四项、第五项规定终止劳动合同的；

（七）法律、行政法规规定的其他情形。

第四十七条　【经济补偿的计算】经济补偿按劳动者在本单位工作的年限，每满一年支付一个月工资的标准向劳动者支付。六个月以上不满一年的，按一年计算；不满六个月的，向劳动者支付半个月工资的经济补偿。

劳动者月工资高于用人单位所在直辖市、设区的市级人民政府公布的本地区上年度职工月平均工资三倍的，向其支付经济补偿的标准按职工月平均工资三倍的数额支付，向其支付经济补偿的年限最高不超过十二年。

本条所称月工资是指劳动者在劳动合同解除或者终止前十二个月的平均工资。

第四十八条　【违法解除或者终止劳动合同的法律后果】用人单位违反本法规定解除或者终止劳动合同，劳动者要求继续履行劳动合同的，用人单位应当继续履行；劳动者不要求继续履行劳动合同或者劳动合同已经不能继续履行的，用人单位应当依照本法第八十七条规定支付赔偿金。

第四十九条　【社会保险关系跨地区转移接续】国家采取措施，建立健全劳动者社会保险关系跨地区转移接续制度。

第五十条　【劳动合同解除或者终止后双方的义务】用人单位应当在解除或者终止劳动合同时出具解除或者终止劳动合同的证明，并在十五日内为劳动者办理档案和社会保险关系转移手续。

劳动者应当按照双方约定，办理工作交接。用人单位依照本法有关规定应当向劳动者支付经济补偿的，在办结工作交接时支付。

用人单位对已经解除或者终止的劳动合同的文本，至少保存二年备查。

第五章　特 别 规 定

第一节　集 体 合 同

第五十一条　【集体合同的订立和内容】企业职工一方与用人单位通过平等协商，可以就劳动报酬、工作时间、休息休假、劳动安全卫生、保险福利等事项订立集体合同。集体合同草案应当提交职工代表大会或者全体职工讨论通过。

集体合同由工会代表企业职工一方与用人单位订立；尚未建立工会的用人单位，由上级工会指导劳动者推举的代表与用人单位订立。

第五十二条　【专项集体合同】企业职工一方与用人单位可以订立劳动安全卫生、女职工权益保护、工资调整机制等专项集体合同。

第五十三条　【行业性集体合同、区域性集体合同】在县级以下区域内，建筑业、采矿业、餐饮服务业等行业可以由工会与企业方面代表订立行业性集体合同，或者订立区域性集体合同。

第五十四条 【集体合同的报送和生效】集体合同订立后,应当报送劳动行政部门;劳动行政部门自收到集体合同文本之日起十五日内未提出异议的,集体合同即行生效。

依法订立的集体合同对用人单位和劳动者具有约束力。行业性、区域性集体合同对当地本行业、本区域的用人单位和劳动者具有约束力。

第五十五条 【集体合同中劳动报酬、劳动条件等标准】集体合同中劳动报酬和劳动条件等标准不得低于当地人民政府规定的最低标准;用人单位与劳动者订立的劳动合同中劳动报酬和劳动条件等标准不得低于集体合同规定的标准。

第五十六条 【集体合同纠纷和法律救济】用人单位违反集体合同,侵犯职工劳动权益的,工会可以依法要求用人单位承担责任;因履行集体合同发生争议,经协商解决不成的,工会可以依法申请仲裁、提起诉讼。

第二节 劳 务 派 遣

第五十七条 【劳务派遣单位的设立】劳务派遣单位应当依照公司法的有关规定设立,注册资本不得少于五十万元。

第五十八条 【劳务派遣单位、用工单位及劳动者的权利义务】劳务派遣单位是本法所称用人单位,应当履行用人单位对劳动者的义务。劳务派遣单位与被派遣劳动者订立的劳动合同,除应当载明本法第十七条规定的事项外,还应当载明被派遣劳动者的用工单位以及派遣期限、工作岗位等情况。

劳务派遣单位应当与被派遣劳动者订立二年以上的固定期限劳动合同,按月支付劳动报酬;被派遣劳动者在无工作期间,劳务派遣单位应当按照所在地人民政府规定的最低工资标准,向其按月支付报酬。

第五十九条 【劳务派遣协议】劳务派遣单位派遣劳动者应当与接受以劳务派遣形式用工的单位(以下称用工单位)订立劳务派遣协议。劳务派遣协议应当约定派遣岗位和人员数量、派遣期限、劳动报酬和社会保险费的数额与支付方式以及违反协议的责任。

用工单位应当根据工作岗位的实际需要与劳务派遣单位确定派遣期限,不得将连续用工期限分割订立数个短期劳务派遣协议。

第六十条 【劳务派遣单位的告知义务】劳务派遣单位应当将劳务派遣协议的内容告知被派遣劳动者。

劳务派遣单位不得克扣用工单位按照劳务派遣协议支付给被派遣劳动者的劳动报酬。

劳务派遣单位和用工单位不得向被派遣劳动者收取费用。

第六十一条 【跨地区派遣劳动者的劳动报酬、劳动条件】劳务派遣单位跨地区派遣劳动者的,被派遣劳动者享有的劳动报酬和劳动条件,按照用工单位所在地的标准执行。

第六十二条 【用工单位的义务】用工单位应当履行下列义务:

（一）执行国家劳动标准，提供相应的劳动条件和劳动保护；

（二）告知被派遣劳动者的工作要求和劳动报酬；

（三）支付加班费、绩效奖金，提供与工作岗位相关的福利待遇；

（四）对在岗被派遣劳动者进行工作岗位所必需的培训；

（五）连续用工的，实行正常的工资调整机制。

用工单位不得将被派遣劳动者再派遣到其他用人单位。

第六十三条　【被派遣劳动者同工同酬】被派遣劳动者享有与用工单位的劳动者同工同酬的权利。用工单位无同类岗位劳动者的，参照用工单位所在地相同或者相近岗位劳动者的劳动报酬确定。

第六十四条　【被派遣劳动者参加或者组织工会】被派遣劳动者有权在劳务派遣单位或者用工单位依法参加或者组织工会，维护自身的合法权益。

第六十五条　【劳务派遣中解除劳动合同】被派遣劳动者可以依照本法第三十六条、第三十八条的规定与劳务派遣单位解除劳动合同。

被派遣劳动者有本法第三十九条和第四十条第一项、第二项规定情形的，用工单位可以将劳动者退回劳务派遣单位，劳务派遣单位依照本法有关规定，可以与劳动者解除劳动合同。

第六十六条　【劳务派遣的适用岗位】劳务派遣一般在临时性、辅助性或者替代性的工作岗位上实施。

第六十七条　【用人单位不得自设劳务派遣单位】用人

单位不得设立劳务派遣单位向本单位或者所属单位派遣劳动者。

第三节　非全日制用工

第六十八条　【非全日制用工的概念】非全日制用工，是指以小时计酬为主，劳动者在同一用人单位一般平均每日工作时间不超过四小时，每周工作时间累计不超过二十四小时的用工形式。

第六十九条　【非全日制用工的劳动合同】非全日制用工双方当事人可以订立口头协议。

从事非全日制用工的劳动者可以与一个或者一个以上用人单位订立劳动合同；但是，后订立的劳动合同不得影响先订立的劳动合同的履行。

第七十条　【非全日制用工不得约定试用期】非全日制用工双方当事人不得约定试用期。

第七十一条　【非全日制用工的终止用工】非全日制用工双方当事人任何一方都可以随时通知对方终止用工。终止用工，用人单位不向劳动者支付经济补偿。

第七十二条　【非全日制用工的劳动报酬】非全日制用工小时计酬标准不得低于用人单位所在地人民政府规定的最低小时工资标准。

非全日制用工劳动报酬结算支付周期最长不得超过十五日。

第六章　监督检查

第七十三条　【劳动合同制度的监督管理体制】国务院劳动行政部门负责全国劳动合同制度实施的监督管理。

县级以上地方人民政府劳动行政部门负责本行政区域内劳动合同制度实施的监督管理。

县级以上各级人民政府劳动行政部门在劳动合同制度实施的监督管理工作中，应当听取工会、企业方面代表以及有关行业主管部门的意见。

第七十四条　【劳动行政部门监督检查事项】县级以上地方人民政府劳动行政部门依法对下列实施劳动合同制度的情况进行监督检查：

（一）用人单位制定直接涉及劳动者切身利益的规章制度及其执行的情况；

（二）用人单位与劳动者订立和解除劳动合同的情况；

（三）劳务派遣单位和用工单位遵守劳务派遣有关规定的情况；

（四）用人单位遵守国家关于劳动者工作时间和休息休假规定的情况；

（五）用人单位支付劳动合同约定的劳动报酬和执行最低工资标准的情况；

（六）用人单位参加各项社会保险和缴纳社会保险费的情况；

（七）法律、法规规定的其他劳动监察事项。

第七十五条　【监督检查措施和依法行政、文明执法】县级以上地方人民政府劳动行政部门实施监督检查时，有权查阅与劳动合同、集体合同有关的材料，有权对劳动场所进行实地检查，用人单位和劳动者都应当如实提供有关情况和材料。

劳动行政部门的工作人员进行监督检查，应当出示证件，依法行使职权，文明执法。

第七十六条 【其他有关主管部门的监督管理】县级以上人民政府建设、卫生、安全生产监督管理等有关主管部门在各自职责范围内，对用人单位执行劳动合同制度的情况进行监督管理。

第七十七条 【工会监督检查的权利】劳动者合法权益受到侵害的，有权要求有关部门依法处理，或者依法申请仲裁、提起诉讼。

第七十八条 【劳动者权利救济途径】工会依法维护劳动者的合法权益，对用人单位履行劳动合同、集体合同的情况进行监督。用人单位违反劳动法律、法规和劳动合同、集体合同的，工会有权提出意见或者要求纠正；劳动者申请仲裁、提起诉讼的，工会依法给予支持和帮助。

第七十九条 【对违法行为的举报】任何组织或者个人对违反本法的行为都有权举报，县级以上人民政府劳动行政部门应当及时核实、处理，并对举报有功人员给予奖励。

第七章 法 律 责 任

第八十条 【规章制度违法的法律责任】用人单位直接涉及劳动者切身利益的规章制度违反法律、法规规定的，由劳动行政部门责令改正，给予警告；给劳动者造成损害的，应当承担赔偿责任。

第八十一条　【缺乏必备条款、不提供劳动合同文本的法律责任】用人单位提供的劳动合同文本未载明本法规定的劳动合同必备条款或者用人单位未将劳动合同文本交付劳动者的，由劳动行政部门责令改正；给劳动者造成损害的，应当承担赔偿责任。

第八十二条　【不订立书面劳动合同的法律责任】用人单位自用工之日起超过一个月不满一年未与劳动者订立书面劳动合同的，应当向劳动者每月支付二倍的工资。

用人单位违反本法规定不与劳动者订立无固定期限劳动合同的，自应当订立无固定期限劳动合同之日起向劳动者每月支付二倍的工资。

第八十三条　【违法约定试用期的法律责任】用人单位违反本法规定与劳动者约定试用期的，由劳动行政部门责令改正；违法约定的试用期已经履行的，由用人单位以劳动者试用期满月工资为标准，按已经履行的超过法定试用期的期间向劳动者支付赔偿金。

第八十四条　【扣押劳动者身份等证件的法律责任】用人单位违反本法规定，扣押劳动者居民身份证等证件的，由劳动行政部门责令限期退还劳动者本人，并依照有关法律规定给予处罚。

用人单位违反本法规定，以担保或者其他名义向劳动者收取财物的，由劳动行政部门责令限期退还劳动者本人，并以每人五百元以上二千元以下的标准处以罚款；给劳动者造成损害的,应当承担赔偿责任。

劳动者依法解除或者终止劳动合同,用人单位扣押劳动者档案或者其他物品的,依照前款规定处罚。

第八十五条 【未依法支付劳动报酬、经济补偿等的法律责任】用人单位有下列情形之一的,由劳动行政部门责令限期支付劳动报酬、加班费或者经济补偿;劳动报酬低于当地最低工资标准的,应当支付其差额部分;逾期不支付的,责令用人单位按应付金额百分之五十以上百分之一百以下的标准向劳动者加付赔偿金:

(一)未按照劳动合同的约定或者国家规定及时足额支付劳动者劳动报酬的;

(二)低于当地最低工资标准支付劳动者工资的;

(三)安排加班不支付加班费的;

(四)解除或者终止劳动合同,未依照本法规定向劳动者支付经济补偿的。

第八十六条 【订立无效劳动合同的法律责任】劳动合同依照本法第二十六条规定被确认无效,给对方造成损害的,有过错的一方应当承担赔偿责任。

第八十七条 【违反解除或者终止劳动合同的法律责任】用人单位违反本法规定解除或者终止劳动合同的,应当依照本法第四十七条规定的经济补偿标准的二倍向劳动者支付赔偿金。

第八十八条 【侵害劳动者人身权益的法律责任】用人单位有下列情形之一的,依法给予行政处罚;构成犯罪的,依法追究刑事责任;给劳动者造成损害的,应当承担赔偿责任:

（一）以暴力、威胁或者非法限制人身自由的手段强迫劳动的；

（二）违章指挥或者强令冒险作业危及劳动者人身安全的；

（三）侮辱、体罚、殴打、非法搜查或者拘禁劳动者的；

（四）劳动条件恶劣、环境污染严重，给劳动者身心健康造成严重损害的。

第八十九条 【不出具解除、终止书面证明的法律责任】用人单位违反本法规定未向劳动者出具解除或者终止劳动合同的书面证明，由劳动行政部门责令改正；给劳动者造成损害的，应当承担赔偿责任。

第九十条 【劳动者的赔偿责任】劳动者违反本法规定解除劳动合同，或者违反劳动合同中约定的保密义务或者竞业限制，给用人单位造成损失的，应当承担赔偿责任。

第九十一条 【用人单位的连带赔偿责任】用人单位招用与其他用人单位尚未解除或者终止劳动合同的劳动者，给其他用人单位造成损失的，应当承担连带赔偿责任。

第九十二条 【劳务派遣单位的法律责任】劳务派遣单位违反本法规定的，由劳动行政部门和其他有关主管部门责令改正；情节严重的，以每人一千元以上五千元以下的标准处以罚款，并由工商行政管理部门吊销营业执照；给被派遣劳动者造成损害的，劳务派遣单位与用工单位承担连带赔偿责任。

第九十三条 【无营业执照经营单位的法律责任】对不具备合法经营资格的用人单位的违法犯罪行为，依法追究法律责任;劳动者已经付出劳动的,该单位或者其出资人应当依照本法有关规定向劳动者支付劳动报酬、经济补偿、赔偿金;给劳动者造成损害的,应当承担赔偿责任。

第九十四条　【个人承包经营者的连带赔偿责任】个人承包经营违反本法规定招用劳动者,给劳动者造成损害的,发包的组织与个人承包经营者承担连带赔偿责任。

第九十五条　【不履行法定职责、违法行使职权的法律责任】劳动行政部门和其他有关主管部门及其工作人员玩忽职守、不履行法定职责,或者违法行使职权,给劳动者或者用人单位造成损害的,应当承担赔偿责任;对直接负责的主管人员和其他直接责任人员,依法给予行政处分;构成犯罪的,依法追究刑事责任。

第八章　附　　则

第九十六条　【事业单位聘用制劳动合同的法律适用】事业单位与实行聘用制的工作人员订立、履行、变更、解除或者终止劳动合同,法律、行政法规或者国务院另有规定的,依照其规定;未作规定的,依照本法有关规定执行。

第九十七条　【过渡性条款】本法施行前已依法订立且在本法施行之日存续的劳动合同,继续履行;本法第十四条第二款第三项规定连续订立固定期限劳动合同的次数,自本法施行后续订固定期限劳动合同时开始计算。

本法施行前已建立劳动关系,尚未订立书面劳动合同的,应当自本法施行之日起一个月内订立。

本法施行之日存续的劳动合同在本法施行后解除或者

终止，依照本法第四十六条规定应当支付经济补偿的，经济补偿年限自本法施行之日起计算；本法施行前按照当时有关规定，用人单位应当向劳动者支付经济补偿的，按照当时有关规定执行。

第九十八条 【施行时间】本法自2008年1月1日起施行。

职工带薪年休假条例

（2007年12月14日国务院令第514号公布
自2008年1月1日起施行）

第一条 为了维护职工休息休假权利，调动职工工作积极性，根据劳动法和公务员法，制定本条例。

第二条 机关、团体、企业、事业单位、民办非企业单位、有雇工的个体工商户等单位的职工连续工作1年以上的，享受带薪年休假（以下简称年休假）。单位应当保证职工享受年休假。职工在年休假期间享受与正常工作期间相同的工资收入。

第三条 职工累计工作已满1年不满10年的，年休假5天；已满10年不满20年的，年休假10天；已满20年的，年休假15天。

国家法定休假日、休息日不计入年休假的假期。

第四条 职工有下列情形之一的，不享受当年的年休假：

（一）职工依法享受寒暑假，其休假天数多于年休假天数的；

（二）职工请事假累计20天以上且单位按照规定不扣工

资的；

（三）累计工作满 1 年不满 10 年的职工，请病假累计 2 个月以上的；

（四）累计工作满 10 年不满 20 年的职工，请病假累计 3 个月以上的；

（五）累计工作满 20 年以上的职工，请病假累计 4 个月以上的。

第五条　单位根据生产、工作的具体情况，并考虑职工本人意愿，统筹安排职工年休假。

年休假在 1 个年度内可以集中安排，也可以分段安排，一般不跨年度安排。单位因生产、工作特点确有必要跨年度安排职工年休假的，可以跨 1 个年度安排。

单位确因工作需要不能安排职工休年休假的，经职工本人同意，可以不安排职工休年休假。对职工应休未休的年休假天数，单位应当按照该职工日工资收入的 300% 支付年休假工资报酬。

第六条　县级以上地方人民政府人事部门、劳动保障部门应当依据职权对单位执行本条例的情况主动进行监督检查。

工会组织依法维护职工的年休假权利。

第七条　单位不安排职工休年休假又不依照本条例规定给予年休假工资报酬的，由县级以上地方人民政府人事部门或者劳动保障部门依据职权责令限期改正；对逾期不改正的，除责令该单位支付年休假工资报酬外，单位还应当按照年休假工资报酬的数额向职工加付赔偿金；对拒不支付年休假工资报酬、赔偿金的，属于公务员和参照公务员法管理的人员所在单位的，对直接负责的主管人员以及其他直接责任人员依法给予处分；属于其他单位的，由劳动保障部门、人事部门或者职工申请人民法院强制执行。

第八条 职工与单位因年休假发生的争议，依照国家有关法律、行政法规的规定处理。

第九条 国务院人事部门、国务院劳动保障部门依据职权，分别制定本条例的实施办法。

第十条 本条例自 2008 年 1 月 1 日起施行。

最高人民法院关于审理劳动争议案件适用法律若干问题的解释

（2001年4月16日公布　法释〔2001〕14号
自2001年4月30日起施行）

为正确审理劳动争议案件，根据《中华人民共和国劳动法》（以下简称《劳动法》）和《中华人民共和国民事诉讼法》（以下简称《民事诉讼法》）等相关法律之规定，就适用法律的若干问题，作如下解释。

第一条　劳动者与用人单位之间发生的下列纠纷，属于《劳动法》第二条规定的劳动争议，当事人不服劳动争议仲裁委员会作出的裁决，依法向人民法院起诉的，人民法院应当受理：

（一）劳动者与用人单位在履行劳动合同过程中发生的纠纷；

（二）劳动者与用人单位之间没有订立书面劳动合同，但已形成劳动关系后发生的纠纷；

（三）劳动者退休后，与尚未参加社会保险统筹的原用人单位因追索养老金、医疗费、工伤保险待遇和其他社会保险费而发生的纠纷。

第二条 劳动争议仲裁委员会以当事人申请仲裁的事项不属于劳动争议为由，作出不予受理的书面裁决、决定或者通知，当事人不服，依法向人民法院起诉的，人民法院应当分别情况予以处理：

（一）属于劳动争议案件的，应当受理；

（二）虽不属于劳动争议案件，但属于人民法院主管的其他案件，应当依法受理。

第三条 劳动争议仲裁委员会根据《劳动法》第八十二条之规定，以当事人的仲裁申请超过六十日期限为由，作出不予受理的书面裁决、决定或者通知，当事人不服，依法向人民法院起诉的，人民法院应当受理；对确已超过仲裁申请期限，又无不可抗力或者其他正当理由的，依法驳回其诉讼请求。

第四条 劳动争议仲裁委员会以申请仲裁的主体不适格为由，作出不予受理的书面裁决、决定或者通知，当事人不服，依法向人民法院起诉的，经审查，确属主体不适格的，裁定不予受理或者驳回起诉。

第五条 劳动争议仲裁委员会为纠正原仲裁裁决错误重新作出裁决，当事人不服，依法向人民法院起诉的，人民法院应当受理。

第六条 人民法院受理劳动争议案件后，当事人增加诉讼请求的，如该诉讼请求与讼争的劳动争议具有不可分性，应当合并审理；如属独立的劳动争议，应当告知当事人向劳动争议仲裁委员会申请仲裁。

第七条 劳动争议仲裁委员会仲裁的事项不属于人民

法院受理的案件范围,当事人不服,依法向人民法院起诉的,裁定不予受理或者驳回起诉。

第八条　劳动争议案件由用人单位所在地或者劳动合同履行地的基层人民法院管辖。

劳动合同履行地不明确的,由用人单位所在地的基层人民法院管辖。

第九条　当事人双方不服劳动争议仲裁委员会作出的同一仲裁裁决,均向同一人民法院起诉的,先起诉的一方当事人为原告,但对双方的诉讼请求,人民法院应当一并作出裁决。

当事人双方就同一仲裁裁决分别向有管辖权的人民法院起诉的,后受理的人民法院应当将案件移送给先受理的人民法院。

第十条　用人单位与其他单位合并的,合并前发生的劳动争议,由合并后的单位为当事人;用人单位分立为若干单位的,其分立前发生的劳动争议,由分立后的实际用人单位为当事人。

用人单位分立为若干单位后,对承受劳动权利义务的单位不明确的,分立后的单位均为当事人。

第十一条　用人单位招用尚未解除劳动合同的劳动者,原用人单位与劳动者发生的劳动争议,可以列新的用人单位为第三人。

原用人单位以新的用人单位侵权为由向人民法院起诉的,可以列劳动者为第三人。

原用人单位以新的用人单位和劳动者共同侵权为由向

人民法院起诉的，新的用人单位和劳动者列为共同被告。

第十二条 劳动者在用人单位与其他平等主体之间的承包经营期间，与发包方和承包方双方或者一方发生劳动争议，依法向人民法院起诉的，应当将承包方和发包方作为当事人。

第十三条 因用人单位作出的开除、除名、辞退、解除劳动合同、减少劳动报酬、计算劳动者工作年限等决定而发生的劳动争议，用人单位负举证责任。

第十四条 劳动合同被确认为无效后，用人单位对劳动者付出的劳动，一般可参照本单位同期、同工种、同岗位的工资标准支付劳动报酬。

根据《劳动法》第九十七条之规定，由于用人单位的原因订立的无效合同，给劳动者造成损害的，应当比照违反和解除劳动合同经济补偿金的支付标准，赔偿劳动者因合同无效所造成的经济损失。

第十五条 用人单位有下列情形之一，迫使劳动者提出解除劳动合同的，用人单位应当支付劳动者的劳动报酬和经济补偿，并可支付赔偿金：

（一）以暴力、威胁或者非法限制人身自由的手段强迫劳动的；

（二）未按照劳动合同约定支付劳动报酬或者提供劳动条件的；

（三）克扣或者无故拖欠劳动者工资的；

（四）拒不支付劳动者延长工作时间工资报酬的；

（五）低于当地最低工资标准支付劳动者工资的。

第十六条 劳动合同期满后，劳动者仍在原用人单位工作，原用人单位未表示异议的，视为双方同意以原条件继续履行劳动合同。一方提出终止劳动关系的，人民法院应当支持。

根据《劳动法》第二十条之规定，用人单位应当与劳动者签订无固定期限劳动合同而未签订的，人民法院可以视为双方之间存在无固定期限劳动合同关系，并以原劳动合同确定双方的权利义务关系。

第十七条 劳动争议仲裁委员会作出仲裁裁决后，当事人对裁决中的部分事项不服，依法向人民法院起诉的，劳动争议仲裁裁决不发生法律效力。

第十八条 劳动争议仲裁委员会对多个劳动者的劳动争议作出仲裁裁决后，部分劳动者对仲裁裁决不服，依法向人民法院起诉的，仲裁裁决对提出起诉的劳动者不发生法律效力；对未提出起诉的部分劳动者，发生法律效力，如其申请执行的，人民法院应当受理。

第十九条 用人单位根据《劳动法》第四条之规定，通过民主程序制定的规章制度，不违反国家法律、行政法规及政策规定，并已向劳动者公示的，可以作为人民法院审理劳动争议案件的依据。

第二十条 用人单位对劳动者作出的开除、除名、辞退等处理，或者因其他原因解除劳动合同确有错误的，人民法院可以依法判决予以撤销。

对于追索劳动报酬、养老金、医疗费以及工伤保险待遇、经济补偿金、培训费及其他相关费用等案件，给付数额不当的，人民法院可以予以变更。

第二十一条 当事人申请人民法院执行劳动争议仲裁机构作出的发生法律效力的裁决书、调解书，被申请人提出证据证明劳动争议仲裁裁决书、调解书有下列情形之一，并经审查核实的，人民法院可以根据《民事诉讼法》第二百一十七条之规定，裁定不予执行：

（一）裁决的事项不属于劳动争议仲裁范围，或者劳动争议仲裁机构无权仲裁的；

（二）适用法律确有错误的；

（三）仲裁员仲裁该案时，有徇私舞弊、枉法裁决行为的；

（四）人民法院认定执行该劳动争议仲裁裁决违背社会公共利益的。

人民法院在不予执行的裁定书中，应当告知当事人在收到裁定书之次日起三十日内，可以就该劳动争议事项向人民法院起诉。

最高人民法院关于审理劳动争议案件适用法律若干问题的解释(二)

(2006年8月14日公布　法释〔2006〕6号
自2006年10月1日起施行)

为正确审理劳动争议案件,根据《中华人民共和国劳动法》、《中华人民共和国民事诉讼法》等相关法律规定,结合民事审判实践,对人民法院审理劳动争议案件适用法律的若干问题补充解释如下:

第一条　人民法院审理劳动争议案件,对下列情形,视为劳动法第八十二条规定的"劳动争议发生之日":

(一)在劳动关系存续期间产生的支付工资争议,用人单位能够证明已经书面通知劳动者拒付工资的,书面通知送达之日为劳动争议发生之日。用人单位不能证明的,劳动者主张权利之日为劳动争议发生之日。

(二)因解除或者终止劳动关系产生的争议,用人单位不能证明劳动者收到解除或者终止劳动关系书面通知时间的,劳动者主张权利之日为劳动争议发生之日。

(三)劳动关系解除或者终止后产生的支付工资、经济补偿金、福利待遇等争议,劳动者能够证明用人单位承诺支付的时间为解除或者终止劳动关系后的具体日期的，用人单位承诺支付之日为劳动争议发生之日。劳动者不能证明的，解除或者终止劳动关系之日为劳动争议发生之日。

第二条 拖欠工资争议，劳动者申请仲裁时劳动关系仍然存续，用人单位以劳动者申请仲裁超过六十日为由主张不再支付的，人民法院不予支持。但用人单位能够证明劳动者已经收到拒付工资的书面通知的除外。

第三条 劳动者以用人单位的工资欠条为证据直接向人民法院起诉，诉讼请求不涉及劳动关系其他争议的，视为拖欠劳动报酬争议，按照普通民事纠纷受理。

第四条 用人单位和劳动者因劳动关系是否已经解除或者终止，以及应否支付解除或终止劳动关系经济补偿金产生的争议，经劳动争议仲裁委员会仲裁后，当事人依法起诉的，人民法院应予受理。

第五条 劳动者与用人单位解除或者终止劳动关系后，请求用人单位返还其收取的劳动合同定金、保证金、抵押金、抵押物产生的争议，或者办理劳动者的人事档案、社会保险关系等移转手续产生的争议，经劳动争议仲裁委员会仲裁后，当事人依法起诉的，人民法院应予受理。

第六条 劳动者因为工伤、职业病，请求用人单位依法承担给予工伤保险待遇的争议，经劳动争议仲裁委员会仲裁后，当事人依法起诉的，人民法院应予受理。

第七条 下列纠纷不属于劳动争议：

（一）劳动者请求社会保险经办机构发放社会保险金的纠纷；

（二）劳动者与用人单位因住房制度改革产生的公有住房转让纠纷；

（三）劳动者对劳动能力鉴定委员会的伤残等级鉴定结论或者对职业病诊断鉴定委员会的职业病诊断鉴定结论的异议纠纷；

（四）家庭或者个人与家政服务人员之间的纠纷；

（五）个体工匠与帮工、学徒之间的纠纷；

（六）农村承包经营户与受雇人之间的纠纷。

第八条 当事人不服劳动争议仲裁委员会作出的预先支付劳动者部分工资或者医疗费用的裁决，向人民法院起诉的，人民法院不予受理。

用人单位不履行上述裁决中的给付义务，劳动者依法向人民法院申请强制执行的，人民法院应予受理。

第九条 劳动者与起有字号的个体工商户产生的劳动争议诉讼，人民法院应当以营业执照上登记的字号为当事人，但应同时注明该字号业主的自然情况。

第十条 劳动者因履行劳动力派遣合同产生劳动争议而起诉，以派遣单位为被告；争议内容涉及接受单位的，以派遣单位和接受单位为共同被告。

第十一条 劳动者和用人单位均不服劳动争议仲裁委员会的同一裁决，向同一人民法院起诉的，人民法院应当并案审理，双方当事人互为原告和被告。在诉讼过程中，一方当事人撤诉的，人民法院应当根据另一方当事人的诉讼请求继续审理。

第十二条 当事人能够证明在申请仲裁期间内因不可

抗力或者其他客观原因无法申请仲裁的,人民法院应当认定申请仲裁期间中止,从中止的原因消灭之次日起,申请仲裁期间连续计算。

第十三条 当事人能够证明在申请仲裁期间内具有下列情形之一的,人民法院应当认定申请仲裁期间中断:

(一)向对方当事人主张权利;

(二)向有关部门请求权利救济;

(三)对方当事人同意履行义务。

申请仲裁期间中断的,从对方当事人明确拒绝履行义务,或者有关部门作出处理决定或明确表示不予处理时起,申请仲裁期间重新计算。

第十四条 在诉讼过程中,劳动者向人民法院申请采取财产保全措施,人民法院经审查认为申请人经济确有困难,或有证据证明用人单位存在欠薪逃匿可能的,应当减轻或者免除劳动者提供担保的义务,及时采取保全措施。

第十五条 人民法院作出的财产保全裁定中,应当告知当事人在劳动仲裁机构的裁决书或者在人民法院的裁判文书生效后三个月内申请强制执行。逾期不申请的,人民法院应当裁定解除保全措施。

第十六条 用人单位制定的内部规章制度与集体合同或者劳动合同约定的内容不一致,劳动者请求优先适用合同约定的,人民法院应予支持。

第十七条 当事人在劳动争议调解委员会主持下达成的具有劳动权利义务内容的调解协议,具有劳动合同的约束力,可以作为人民法院裁判的根据。

当事人在劳动争议调解委员会主持下仅就劳动报酬争议达成调解协议，用人单位不履行调解协议确定的给付义务，劳动者直接向人民法院起诉的，人民法院可以按照普通民事纠纷受理。

第十八条　本解释自2006年10月1日起施行。本解释施行前本院颁布的有关司法解释与本解释规定不一致的，以本解释的规定为准。

本解释施行后，人民法院尚未审结的一审、二审案件适用本解释。本解释施行前已经审结的案件，不得适用本解释的规定进行再审。

图书在版编目(CIP)数据

劳动争议调解仲裁法要点解答 / 法律出版社法规中心编.
—北京:法律出版社,2008.1(2009.1 重印)
ISBN 978-7-5036-8105-9

Ⅰ.劳… Ⅱ.法… Ⅲ.劳动争议—劳动法—基本知识
—中国 Ⅳ.D922.591.5

中国版本图书馆 CIP 数据核字(2007)第 205965 号

责任编辑/张 戢 **装帧设计**/汪奇峰

出版/法律出版社 **编辑统筹**/法规出版分社
总发行/中国法律图书有限公司 **经销**/新华书店
印刷/北京北苑印刷有限责任公司 **责任印制**/吕亚莉

开本/850×1168 毫米 1/32 **印张**/6 **字数**/112 千
版本/2008 年 2 月第 1 版 **印次**/2009 年 1 月修订,第 2 次印刷

法律出版社/北京市丰台区莲花池西里 7 号(100073)
电子邮件/info@ lawpress. com. cn **销售热线**/010-63939792/9779
网址/www. lawpress. com. cn **咨询电话**/010-63939796

中国法律图书有限公司/北京市丰台区莲花池西里 7 号(100073)
全国各地中法图分、子公司电话:
第一法律书店/010-63939781/9782 **西安分公司**/029-85388843 **重庆公司**/023-65382816/2908
上海公司/021-62071010/1636 **北京分公司**/010-62534456 **深圳公司**/0755-83072995

书号:ISBN 978-7-5036-8105-9 **定价:**13.00 元